# つれづれ人生ノート

さとうたつる

風詠社

# つれづれ人生ノート

43歳の自画像

# 初めに

若い頃には、「生きること」と「生活すること」は同じことではないと考えたりもした。しかし、今は違う。両者は全く別のものであるかと訊かれたら、そうではないと応えたい。実際、「生きること」と「生活すること」は全くの別物ではなく、ふたつが相互に重なり合い、関連し合うことを繰り返しながら人生は過ぎて行くのだと考えるのが良いように思う。

あと数年すれば自分も八十歳の大台に乗る。若い頃には少しも想像することさえなかった年齢に達した今、これまで折節に書きとめてきた自分なりの文章を一冊の本にしてみようと思いたち、色々と思案した結果として出来上がったのがこの「つれづれ人生ノート」である。

人生は一度きりであり、二度とは訪れて来ない。そして、その人生のありようは人それぞれさまざまであるが、人生において努力する当事者は、他人ではなく、自分自身であることは言うまでもない。とは言え、この私自身、人生について毎日々々、あれこれ真剣に考えて生きてきた訳ではない。ただ、この世に生まれてから今までをゆっくりと振り返ってみると、実に色々なことがあり、色々な人との出会いが自分を成長させてくれたのだということに気付く。そして、今こうして、折節に自分が綴って来た文章を取りまとめて読み返してみると、一体己の人生とはいかなるものだったのか、また自分という人間は何を思い、何を感じ、どのような人間であるかが改めてよく見えて大いに参考になった。

なお、この「つれづれ人生ノート」の所々に自作の素描や絵画や写真を挿入したが、本文をお読みいただくと共にそうしたものもご覧いただければ幸いである。

# 目次

# 一・入院日記

これは、1997年7月、病院に入院した際に綴った日記文である。健康診断で肺に異常があると言われて精密検査を受けたところ、右肺に「腺がん」があり、手術が必要というのが入院の理由で、7月16日に右上肺の三分の一ほどを切除したが、「腺がん」との診断は間違いだった。手術をした担当医はそれについて口を濁して曖昧にした。なお、精密検査で「腺がん」の診断を下した医師は、検査後にワイフに「手術をしても余命3年である」と宣告し、検査からの帰途、それを聞いた私は、「分かった。自分にはまだやりたいことがある。1年では短すぎるが、3年あれば大丈夫だ」とワイフに言った。手術の4年後、長野県へと移住したが、翌年、佐久市の男性が右肺に悪性腫瘍があると診断されて右肺を切除したが、実際は悪性腫瘍ではなくて良性腫瘍であり、手術は全く間違った処置だったから、その間違った診断と処置に対し、提訴の準備を進めているとの記事が信濃毎日新聞に掲載された。私の手術もこれとよく似たケースであった。その新聞記事を読んだワイフから「どうする？」と訊かれたが、「切ってしまったものは元に戻らないから何もしようとは思わない」と返事をした。ただ、間違いだったことは確かであるが、手術で肺嚢胞が取り除かれ、かえって声が良くなったこともあるから、物事は考えようでもある。

〈1997年7月7日〉

今日は七夕。恭子とタクシーで入院。病室の窓からは玉川の橋が、往き来する車の姿がよく見える。外は暑かったが、風が強く吹いている。大空の雲が少しずつ動いて行く。

恭子と、車で来てくれたタカのふたりを車が見えなくなるまで見送る。助手席の窓からいつまでも振られる恭子の手が見えた。病室に戻り、タカの持って来てくれたミニ・コンポで音楽を聴く。雲の動いて行く姿を見ていると何故か涙が滲む。恭子が、今までいかに自分をわがままにしてくれたか、本当にそうしてくれたのだとよくわかる。わかった。意固地を張ることなく素直にありがとうと言いたい。

流れていく雲をじっと見ていると、今、ここに自分がこうしていることが夢幻のような、少し信じられないような気がする。でも、事実なのだ。これは初めて外国の地面に降り立って初めての滞在をした時に、果してこれは嘘ではないだろうかとふと感じたあの時、あの頃のおもむきに似ている。

〈1997年7月8日〉

この病院の中で、実に多くの人が働いている。各々が各々の役割を持って。これが組織というもの。世の中は、このように自分ひとりではなく、多くの人が組み合わさって成立している。自分ひとりでは生きられないことを実感する。

大切なのは、ガツガツすることではなく、健康と全ての生きとし生けるものへの思いやりと家族愛だ。

夕方6時、虞のNight NoiseのCDを流しながら外を見やる。あと一時間もすれば暮れることだろう。雲の量が空に大きくなって、風はまだ強く吹いている。その強い風に吹かれながら窓の外の木はしっかりと立っている。一木一草、一鳥一虫、人も含めて全ての命あるものに限りなき愛を！

## 〈1997年7月9日〉

入院して今日で3日目。不思議なもので二日に一度頭髪を洗わずにいられなかった自分が、この病院での生活スタイルに自然と適合して行く。もっとも寝巻が汗かいたといって取り替え、今日には洗たくを考えるような相変わらずの自分ではあるが。

今朝は昨日までのような強い風が吹いていない。窓の外の植え込みの木の揺らぎの様子でそのことがわかる。初めて病室の開き窓をあける。

手術というものは説明を受け、想像すればするほど大変なもののようだ。果して、自分だけだったら手術を潔く受ける勇気が湧くだろうか。恭子が傍にいてくれるからこそ、手術を受けようという気になれるようだ。気を強くしなければ。昼食後、CDから流れる曲を聴きながら空を眺める。曲も美しいし、空が美しい。夕方のブルーの空に大きないくつもの雲。それぞれが色も形もちがって美しい美だ。この大空の、地球という星の、この地で今私は病室にいる。それにしても、夕方の空模様は美しい。

〈1997年7月10日〉

昨夜は何度も夢を見た。本当に久しぶりのこと。3時少し前に眼が覚めたらカーテンがしっかりとフルに閉められていたから、もしかしたら巡回の看護婦さんが、イビキの大きさに気をつかってそうしてくれたのかも。

朝、ブラインドをおろすと外は曇り。青空が見えない曇天は入院してから初めて。風はほとんどなかった。今、少し植え込みの木がゆれだした。

〈1997年7月11日〉

今日で5日目。検査は昨日で全て終わった。窓の外の植え込みの中に小さな小さな花がいくつも咲いたのを見つけた。昨日までは咲いていなかった筈。雨が降り、花も開いた。それはささやかなものだが、得も知れぬ発見の感動である。

今朝は雨が降っている。気温もそう暑くなく、しのぎやすい。病院でのゆったりした時の流れにいくらか慣れたようだ。時の流れに身を任せ……、心のうちに闘志を秘めてじっくりと静かにしよう。奇跡を起こすものは人間の夢とやさしさと勇気だと言う。

窓の外で眼に入る鳥。雀、カラス、ムクドリ、ツバメ、ひよどり、鳩。それに今日の夕方は、コウモリがツバメといっしょに乱舞する姿が見えた。雨の日はツバメ。風の強い日はカラス。


〈1997年7月12日〉

大雨。12時半より先生からの説明あり。長兄夫妻、藤本さん、恭子立会い。16日（水）9時手術室へ。9時半から手術開始。3～4時間で終了。術後は現病室への説明である。運良く転移はなさそう。医師を信じ、あとは気力を高めるだけ。今日は、虞とも話ができた。


〈1997年7月14日〉

昨日は、午後3時半頃、我が家へ一時帰宅のため病院を出る。道路が混んで、家に着いたのは5時半頃。久し振りにビールを少々飲む。夕食は手巻き寿司。夜12時近くまで100号の「無言館」を描き直す。開始は9時を少しまわった頃から。以前より少しは良くなった。

今日は久し振りに車を運転。銀行などへ。昨日から合計3回頭髪を洗った。こういうこともしばらくなし。いよいよ明日一日が手術前の残された日。明日は自画像を一枚描こう。

**〈1997年7月15日〉**

今日は手術前日。明日の手術の前に体と心のありようを全て整える日。

5歳の頃、警察署長のジープの下に。(ここまで書いたところで採血あり)26〜27歳の頃、夏の炎天下のソフトボール試合の後、貧血でホーム下に転落。そして厄年の時、車が坂道を外れて谷へ！　これまで3度の命拾い。そしてこれで4度目？　もし人間ドックを1月に受けていなければ、そして発見されていなければ。

夕方6時、じきに術前最後の食事。9時には睡眠薬を飲んで就寝するから、起きている時間はあと3時間あまり。明日、眼が覚めると別の世界、新しい体験の世界へと入る。7月16日は再生の誕生日か？

〈1997年7月16日〉

いよいよ手術の日だ。天気は良さそう。時間は5時40分。昔、少年だった頃、夏休みがやって来て、うれしい夏休みの初日の朝のような、そんな雰囲気を持つ今朝の外の風景。

昨夜は恭子が近くのホテルに泊まったが、古いオバケの出そうなホテルだったというから、よく眠れたのかどうか。毎日、家と病院の間を往復してくれる恭子の大変さ。ありがとうと感謝する他はない。付き添いが病に倒れるようなことであってはならないから、それが少し気懸かり。早く回復しなければ。今日はまた朝早くからやって来て、私のわがままを聞いて暮れる。本人は80号の描きかけのキャンバスが待っているのに。ただ感謝す。

〈1997年7月24日〉

本当に久しぶりに文字を書く。手術が16日。昨日、体に入っていたクダも抜けた。点滴の影響で、右手指先はまだしびれている。昨日クダが抜けて、その時の恭子の全身の表情にあらわれた格別なうれしさ。本当に喜んでいることがよくわかった。ありがとう。ありがとう。

こんな時は、そう滅多にある訳はない。確かに天が、眼に見えぬ何か大きなものがじっといつも見ていてくれて再生の機会を与えてくれたようだ。思えば人間ドック。恭子が女神のようにまた私を救ってくれた。生命の大切さを思う。生命は本当に大切なものだ。自分ひとりで生きている訳ではなく、実はどんなに片意地やクソ意地を張っても、自分は多くのひとさまによって助けられ、生かしていただいているのだ。

生命は自分ひとりのものでもないし、この世に生を享けた時から、いつか果てるまで天が支配しているのだ。人生は自分だけのものでなく、生きている限り、触れ合う多くの人のために誠意をもって、またその協力に感謝しながら、おひとりおひとりのかけがいのない人生と生命をいたわり、大切にしていく。この人間の住む世界の中で人々が織りなす悲喜こもごものできごとと、それでいてお互いにお互いを尊重し合いながら生き、そしていつか生命を終わるドラマ。それは素晴らしい。

人間万歳！　人生万歳！

多くの人々に恵みあれ！

7月8日　空の風景

7月8日　雲の風景

7月 11 日「ひまわりは生命の花なり」

7月11日　自分で初めて作った湯飲み茶碗

7 月 11 日の朝　植え込みの風景

7月13日　帰宅前の顔

7月15日　手術前の顔

7月26日　手術後の顔

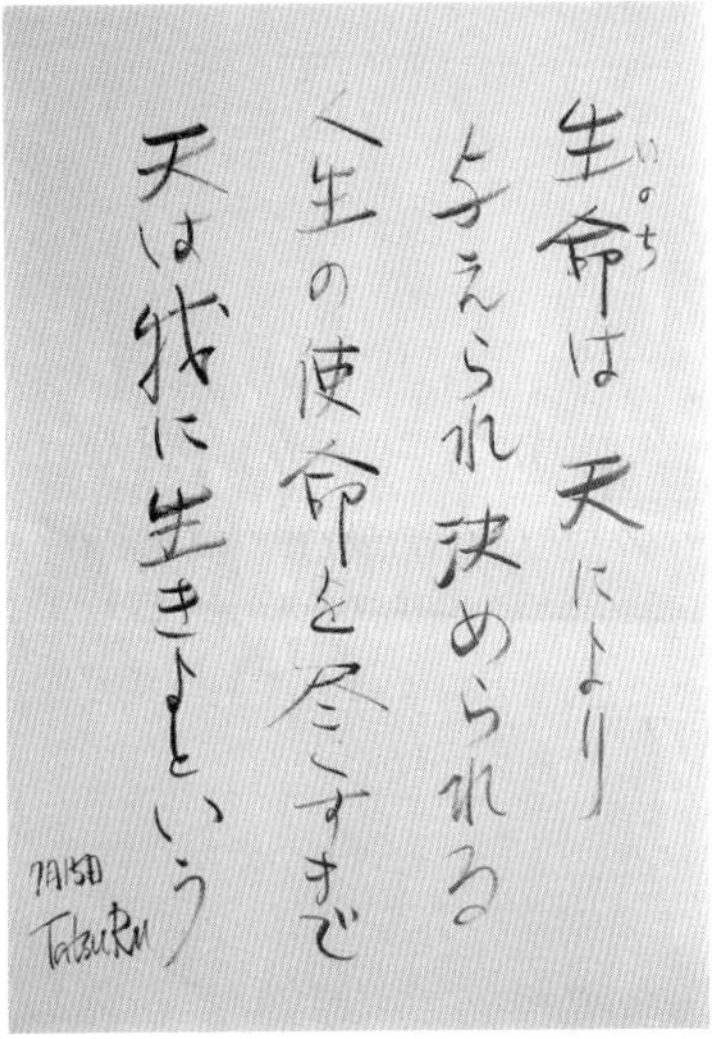


7 月 15 日の自筆の言葉

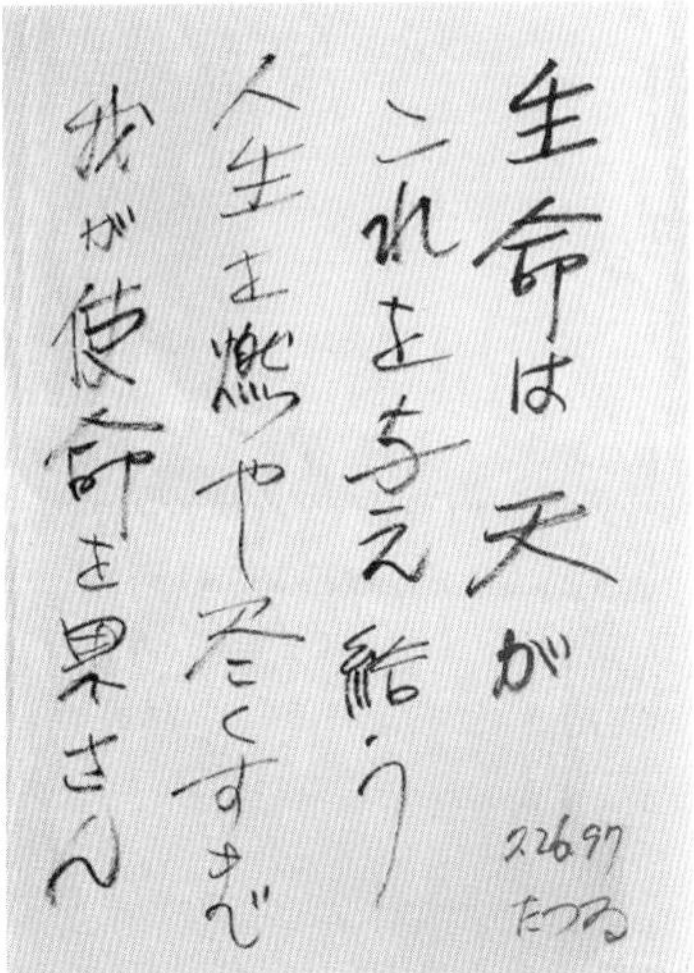


7 月 26 日の自筆の言葉

# 二・初個展に添えて

右上肺を手術した翌年の１９９８年6月、東京・新宿の紀伊國屋書店の真向かいのビルの地下一階にあった安藤画廊で油絵を中心として凡そ40点の自作の絵画作品を展示する初個展（＝「建・さとう展」）を開催した。

31歳の時に生まれて初めて油絵の静物画を描いたが、それから20数年が経過し、グループ展や東京・上野の都美術館の公募展に出品、同公募美術団体の会員になる他、グループ展等へ出品するなどして来たが、個展の開催は初めてであり、自分自身の考えや思いを15篇の文章として綴って作成した冊子をその初個展に添えた。そしてこの本文には15篇の中の10篇を収めた。

なお、展覧会の名称は、新しさを強調する意図で私の姓・名を入れ替えて設定したものである。

また、展覧会と言えば、会場受付に芳名帳を用意して来場された方にご住所とお名前を次々にご記帳して戴くのが普通であるが、この展覧会では芳名帳ではなく中心に展覧会の案内ハガキを貼った色紙を何枚も用意し、そこにお名前とメッセージやお言葉を記入して戴いた。貴重なその色紙は大切な宝ものとなっている。

# 55歳のデビュー

私にとって初めての個展である。今までは団体展とかグループ展への参加はあったが、１００％《パーセント》自分だけの作品の展覧会は初めてである。個展は、今の流行りの言葉で言えばディスクロージャー、自分を丸裸にして多くの人の眼にさらすことである。恐ろしくもあり、楽しくもある。いつまでも若いと錯覚しているうちに55歳、昔なら定年である。

「55歳のデビュー、おめでとう」これは、初個展の日程が決まった時、会場の東京・新宿のギャラリー安藤を紹介して下さった加賀谷武先生から贈られた言葉である。私はこれを初個展の開催に相応しい格好のキャッチフレーズだと思った。加賀谷先生は富山県の小矢部市のご出身で、木材、紙、ビニールなど様々な素材とスタイルで極めて独創的で先端を行く作品を発表されているアーチストである。10数年昔、信州で、夜空が白む頃まで先生と色々と芸術論を論じあったことがある。何を話したかはすっかり忘れてしまったが、その夜のことは今でも懐かしく想い出す。

人生80年。それは平均的な寿命のことで、長生きの人もあれば短命の人もある。この世の中、2と2をかけたら、常に4になるとは限らない。例外や意外性が結構あるから面白い。いつも強い者や体の大きな者が勝つのでは面白くない。55歳という年齢は、世間の常識からはすでに中高年、遅すぎたデビューである。しかし、アメリカの詩人サミュエル・ウルマンは次のように詩っている。

青春とは　人生のある期間ではなく
心のもちかたを言う
年を重ねただけで　人は老いない
理想を失うとき　初めて老いる
頭を高く上げ　希望の波をとらえる限り
八十歳であろうと　人は青春にして已む

## 描くということ

初めて油絵の絵筆を握ったのは、31歳の時だった。テーブルの上にセットしたバナナと林檎とグレープフルーツ、それと蓋のあるウィスキー瓶。これが油絵第一号のモチーフだった。ウィスキー瓶の蓋は透明のガラス製だったが、表現のしかたがわからず、私はホワイトの絵の具で塗るしかなかった。今も保存してあるその絵を取り出して眺めると、描き始めの時に感じた、あの緊張感と胸の高鳴りを昨日のことのように思い出す。

油絵を描くようになったきっかけはワイフの小学校時代の恩師の田畑文子先生の個展である。休日はいつも朝寝坊の私が、その日に限って早起きしてワイフに連れ立って先生の個展会場へ足を運んだ。実は、文子先生のご主人はプロの画家だった。田畑弘先生は富山県の高岡市のご出身で、大学卒業後に「山の仙人」になると宣言し、平家の落人伝説で有名な五箇山の小学校の教師となった。すぐに富山県展で第一賞、さらに北陸観光美術展で富山県知事賞などを受賞し、当時の審査員であった棟方志功氏に勧められて一年半ばで上京、東京の小学校の教師になった。その後パリに渡り、さらに南米へと歩を延ばした。南米では、アルゼンチンからブラジルへ、そして遂に生涯の重要なモチーフであるアマゾンのインディオと出会った。そこでは実際にインディオの村に住んで絵を描いた。

初めて先生のお宅を訪問した日、ウィスキーの水割りをいただきながら聞く話は大変興味溢れるものだった。いつしか私は、道具を買いそろえて油絵を始めようと決心していた。

キャンバスに向かうと、目の前のこの四角いスペースが隅々まで全部自分の自由になる世界である気分になった。そこに、何をどのように描こうが全く自由なのだと考えた。しかし、すぐに思い通りにはいかないことを思い知らされた。技量の未熟さだけでなく、いくら自由に描こうとしても既成概念にとらわれ、また他人の眼を意識して上手に描きたいなどという欲や雑念が浮かんで、伸び伸びと創造的に描くことのできない自分を発見した。

一枚、また一枚と描きあげるごとに、私はすっかり絵にはまった。それまで、全く仕事本意だった生活が変化した。書棚には美術や芸術関係の本が増え、枕元には何冊もの画集が積まれた。仕事から帰宅すれば、夕食もそこそこにして絵に向かう。夜中、絵の出来映えが気になって眼が覚める。そっと起きだし、描いたばかりの、まだ油で濡れている絵を懐中電灯で照らして眺めてみる。そうしたことがしばしばあった。

それから数年間、絵に対する狂おしい熱病が私を襲った。そんな時、このままサラリーマンを続けるよりも、いっそ本格的に絵を志してみようかと真剣に夢想した。スペインへ絵のための遊学をしようかと考えたりもした。ゴーギャンが仕事を辞めて画家になった話、タヒチ行きのこと、27歳で画家になる決意をしたゴッホのことなどがしきりに頭に浮かんだ。

そうした私の様子をワイフから聞いた田畑弘先生が私に言われた。

「アマチュアでも絵は描ける。アマチュアであれば、食うための絵を描く必要はない。純粋に心の行くまま、上手いとか下手だとかにこだわらずに自分の好きな絵を描くことができる。アマチュア精神を大切にしなさい。大切なことは上手い絵を描くことではない。良い絵を描くことだ。上手さが表に出すぎた絵は大した絵ではない。有名なピカソの絵は子供の絵みたいで一見下手そうに見えるが違う。ピカソは意識して子供のような絵を描こうとした。子供のような絵が描けたら素晴らしい」と。これで私の誇大妄想は止んだ。考えてみると、30歳を過ぎて初めて油絵の筆を手にした家族持ちの男が、いくら少年時代に絵が得意だったとしても、後先のことを考えず本気で職業画家になろうと考えるのは、狂気の沙汰以外の何ものでもなかった。私は、「いい絵を描きたい。プロでなくとも、いい絵の一枚二枚はできるかも知れない」と考えて納得した。大事なことは、「何のために絵を描くのか」「何故自分は絵を描くのか」である。絵を描くことは単なる暇つぶしではない。私にとって絵を描くことは、自分を見つめ、人間・社会・人生を考える貴重な手だてである。

# 一枚の風景画

それはF20号の油彩の風景画である。キャンバスの裏には、

人の情けを　深く心に　感謝。　浅間　Jan.2, '84

とあるが、この絵は私にとって思い出深い一枚の風景画である。42歳の年の大晦日、信州の白樺湖近くのゲレンデでワイフとスキーを楽しんだ。その帰り、ワイフは持参のスケート靴を履き、女神湖で天然氷のアイススケートを試みた。スケートが終わると帰路は長い下り坂である。時刻は午後3時半を少し回った頃であっただろうか。天候は晴。路上にはいっさい雪はない。しかし、女神湖の駐車場を出て本線の下り坂に入り、少し走り出すとスピードが増し、車のお尻が左右に振られてハンドル操作もままならず、たちまち車は勢いよく路肩を越えて左側の谷に3〜4メートル落ちた。後で、谷底までの深さは30メートルと聞いた。「万事、休す」がその時に脳裏に浮かんだ言葉である。しかし、無事だった。

　車が突っ込んだ先に運良く新旧2本の電柱があり、その2本の電柱の支柱線が車を支えてくれて谷底に落ちるのを防いでくれたのである。フェンダーミラーは吹っ飛び、ボディも凹んだ。しかも車は宙づり状態だった。助手席のワイフに「大丈夫か」と声

をかけると、「大丈夫」という声が返ってきた。うれしかった。「きっと君が女神湖でスケートを滑ったので、女神様がついていてくれたのだ」と冗談を言ったものである。後続の車の人が「急に白い車が消えた」と驚いて停車し、「大丈夫ですか」と声をかけてくれた。その声を聞いてはっと我に返り、車が谷に落ちたことを実感した。車は助手席を下にして大きく傾いていた。すぐに適切な指示をしてくれたその人は、小さなお子さんを連れて家路に向かっていた途中で、遠回りであるにもかかわらず、私の車を現場に残し、私たちを宿まで送ってくれた。その親切な人は現在のＮＴＴ、当時の日本電信電話公社の茅野電信電話局の大熊康允さんであった。

その日、見上げた夜空は満天の星月夜だった。美しかった。翌日は元旦。それでも土地の人たちは、朝から私の車の処理に無報酬で手を貸してくれた。ありがたかった。その時の人々の暖かい心遣いは、今でも忘れられない思い出である。

谷へ落ちてから2日目の1月2日は穏やかな正月晴れ。私は生きていた喜びで浅間山が遠くに見えるその土地の風景を20号のキャンバスに一気に描き上げた。その土地は、軽井沢などのように決して有名な観光地ではない。だが、風景は素朴で牧歌的で雄大である。秋の紅葉の頃、特に11月の冬入り前の自然の美しさは心に沁みる。特に私は、勤労感謝の日の頃の風情が大好きである。思わずホロホロと泣きたくなるような日本の晩秋の美しさを感じる。

そこは、人口５千名足らずの長野県北佐久郡北御牧村《きたみまきむら》である。近年、温泉も湧き、芸術むらができ、秋の10月にはアート・フェスティバルが開かれ、登り窯では村の子供や大人たちの陶芸作品が３日３晩寝ずに焼かれる。心豊かな美しい村である。

## ひとりでも注目すればいい

「10名のうち、７名とか８名が注目するような絵でなくてはいけない」

これは、東京・上野の公募展に出品していた時にある画家の方が私に言った言葉である。また、別のある画家は私にこう言った。「１００名のうち、99名が認めなくとも、たったひとりでも自分の絵に注目し、感激してくれればいいのだ」と。

前者の考え方は、公募展の場合には確かに一理あるかも知れない。公募展では、ひとりの展示作品は一点とか二点にしか過ぎず、沢山の絵が壁面にぎっしりと飾られるのが常であるから、できるだけ大勢の眼にとまる方が良いと言える。

しかし、私はそうした考えに組するよりも，たったひとりでも注目すればいいという考え方の方が好きである。大勢の人が注目したとしても必ず良い絵とは限らない。

また、注目したのは僅かひとりだけであったとしても、その絵が駄目な訳ではない。ひょっとして、落選した絵の中に実は素晴らしいものがあるかも知れない。

今から20年近く昔のこと、パリの印象派美術館で初めて数点のセザンヌの絵の実物を見た。実際にセザンヌを見るまで、私の好きな画家はゴッホであり、ゴッホ一辺倒だった。しかし、印象派美術館で初めて見るセザンヌの本物は、あまりに美しく胸がふるえた。感動のあまり，思わず眼から涙がにじんだ。「これが絵だ」と思った。その時見たセザンヌの絵に上等な品格のようなものを感じ、それ以来、絵には品格が必要だという考えが、絵を見る際のひとつの価値基準となった。

パリのポンピドーセンターには、近代美術史にその名が燦然と輝く多数の著名画家の作品が物々しい感じが少しもなく沢山飾られている。ポンピドーセンターでそうした絵を見た時、私は、絵とは不思議なもの、恐いものであると思った。たとえ、どれほど有名な画家の作品であっても、いったん壁面に他の画家の作品といっしょに並べられるや否や、作品の優劣がはっきりしてしまうと直感した。比較展示された瞬間、ある絵はますますその輝きを増し、また別の絵はその力が色褪せてしまう。

私は、平凡な絵好きのアマチュア絵描きのひとりでしかないが、絵を描き続ける限りは、いつか生涯にたった一枚でも良いから、自分自身が心底納得する絵を描きたいと思っている。そして、たったひとりでもいい、私の絵の前に立ったたひとりの青年が感動に胸をふるわせ、彼の人生そのものを根底から変えてしまうような、そんな絵が描けたら最高である。

## 自画像を描く

私はよく自画像を描いた。

自画像は　実物よりも　若く描き

そうは言っても、決して私はナルシストではない。自分がどんな顔をしているか位は知っている積りである。

よく自画像を描いたことで有名な画家にゴッホがいる。その37年という生涯、しかも実際に画家であった期間は僅か10年間、その短い期間に数十枚の自画像を描いたゴッホは、耳を切った包帯姿の自分すら描いているから驚きである。ゴッホの自画像を見る時、いつも最初に私の眼が行く先は、じっとこちらを見つめるその眼である。恐らくゴッホは、孤独な精神で鏡の中の自分と向き合ったに違いない。生涯にたった一枚の絵しか売れず、弟のテオ以外に誰ひとりとしてその真価を理解する人がいなかったゴッホ。自ら胸にピストル弾を発射して命を絶ったゴッホ。その生涯は短かったが、それは神から導かれた運命のようでもある。

レンブラントの自画像、特に晩年のレンブラントの自画像の顔には、人生の辛酸を嘗め尽くした跡が見え、人生が持つ凄みを感じさせる。苦渋に満ちたレンブラントの自画像を見て、少しその生涯を調べてみると、案の定、晩年のレンブラントには、若き日の栄光の時代と打って変わった破産の日々があった。

スペインのマドリードのプラド美術館で見たゴヤの自画像も素晴らしかった。少し顔を傾けているような、その自画像に妙に惹きつけられ、しばしその絵の前から立ち去り難くなっている自分がいた。ゴヤにしても、40代後半に突然発熱して聴力を失い、いわゆる「黒い絵」を描きだした辺りから一段と凄い絵となった。

ゴッホやレンブラントやゴヤといった神から才能を授けられた天才の域には到底及ぶべくもないが、私もよく自画像を描いてきた。セザンヌがモデルに対して、「林檎は動かない！」と叫んだと言う有名な話があるが、自画像のモデルは自分自身であり、１００パーセント自己責任である。モデルが良いとか悪いとか、動くとか動かないとかと言っている訳には行かない。それに、自分を描くのであるから、お金もかからない。

だが、自画像を描く最大の理由は、自画像を描くことは、「自分が何者であるか」

を考える格好な手段であるからだ。自画像を描くことは、ありのままの自分を見つめ、自分と対話することである。30代、40代、50代と自画像を描いているうちに、絵そのものはさっぱり上達しないが、少しずつ自分という人間がわかってきたように思う。この先も自画像を描き続けていれば、もっと自分のことが分かるに違いないと思っている。

## 青春のラブレター

30数年昔の大学生時代の思い出。ゼミの指導教授の馬場敬之助先生がつぶやかれた。「可能性は美しい。だが現実ってのは、寂しいものだね」と。また、数学の山田欽一先生が言われた。「佐藤君。人生は、曇り時々晴だと考えるといいよ」と。馬場先生と山田先生が、何故そのようなことを言われたのかは分からないが、そう言われた時の先生の表情と言葉のトーンが、妙に鮮明な記憶として残っている。

さらにもうひとつ、忘れられない思い出がある。それは、一年生の時の社会科学概論の試験の思い出である。社会科学概論の教授は高島善哉先生であった。高島先生は殆ど眼がお見えにならない状態にあった。しかし、そうしたハンディにも拘わらず、学問に対する情熱はひとしおで問題意識も鋭かった。先生の、全身からほとばしり出る講義は名講義であり、学生の間でも評判が高かった。

学校の近くには玉川上水が流れ、学校の敷地内にあった学生寮にいた私は、寮仲間の友人と連れだってよく上水縁を散策した。玉川上水は、戦後文壇の寵児であった太宰治が愛人と心中したことでも有名である。毎年6月の命日には、太宰治を偲ぶ「桜桃忌」が催され、多くの太宰ファンが集まるという。当時、確かに私は太宰治に凝っていた記憶があるが、どうして社会科学概論の試験の答案に文学論めいたものを書いて提出したのかは分からない。私は、前期の試験で「太宰治論」を書いて提出した。すると、評点は「優」だった。社会科学のテーマというよりは、純粋文学の世界に属するテーマを勝手に選んで書いた私の答案が「優」とされたことは、全く予想外であった。高島善哉という人は、よほど懐の深い人物であるらしいと思った。

前期の試験の結果に味をしめた私は、今度は後期の試験で、発表されたばかりで評判となっていた壇一雄の「火宅の人」を取り上げて書いた。結果は、最低合格ラインの「可」であった。やはり先生は慧眼の持ち主であった。正しい評価眼の持ち主であった。思えば、私の書いた「火宅の人論」は、「太宰治論」と異なり、道徳的価値観から一方的に非難するだけで、客観的に分析・評価する社会科学的な視点を欠いていた。それは、例えば、渡辺淳一の「失楽園」をただ不道徳であるという理由で非難する批評のようなものである。

それにしても、盲目の先生は沢山の学生が書いた答案をどう読まれたのであろうか。その陰には、先生の人生の眼となり杖となった奥様の並々ならぬ助力があったのではないかと思う。昨年、ようやく「高島善哉著作全集」が完結したという新聞記事を眼にしたが、素晴らしいことであると思う。

こうした若かった頃のできごとも、今では懐かしい青春の思い出である。あれから30数年が経ち、人生経験もそれなりに豊富になったが、若さには若さの特権がある。その最たるものは、若さならではの純粋な感性である。実際、自分自身を振り返ってみると、中身そのものは本質的に少しも変わりはないのであるが、20歳には20歳の、30歳には30歳の、40歳には40歳の感性があると感じる。我が家には、ワイフのお陰で、私の大切な青春のラブレターが保存されている。そのうちのひとつが次のハガキに書いたラブレターである。

「寒い晩秋だ。国立は。告げられて初めて残り少ない学生生活を想う。一橋祭も過ぎた。現実って言う悪魔奴がすぐに俺のあとにひたひたと押し迫る。可能性は素晴らしい。だが現実ってのは、寂しいもんだね、とゼミの教授がつぶやく。それで俺は苦笑い。人生で言葉少なに通じ合える唯一の感情であるのかも知れぬ。フランスかアルジェリアに行きたい。以前見たジャン・ギャバンの『望郷（ペペルモコ）』のシーンが俺の瞼にしみ込んで離れぬ。そしてフランスのヴェルレーヌの詩。日本には立原道造しかおりはせぬ。ふと、ギターの音色に心の琴線が触れ合う。故郷に帰ることになった。自動車だ。故郷でやれば生活費が浮く。だがこれも現実。東京の生活ともしばらくお別れだ。あの津軽の海で流した涙の言い知れぬ悲しみを想い出す。『サヨナラ』の一語だけがその悲しみを表現するに足る。

我が夢は　車に乗せて　天駆ける　浮世の風の　吹かぬ雲間に

これから犬吠に立ち寄る。犬吠の荒波が若き天才詩人の可能性をもろともに呑みつくしてしまったという悲しい現実が無性に俺の心をゆさぶる。俺自身にはとてもとても詩心はないが、多感な青年の一人として、今は言い伝えに等しいこの悲しい御魂《みたま》に心からの花束をひとつたむけよう。

１９６４　ＮＯＶＥＭＢＥＲ　追憶せる晩に」

この時、私は22歳。これは、私の「青春のベスト・ラブレター」である。二度と帰らぬ懐かしい22歳の青春の日がそこにある。

# 自分捜し

われわれはどこから来たのか
われわれは何者か
われわれはどこへ行くのか

ボストン美術館にこうしたタイトルのポール・ゴーギャンの大作がある。あらためて言うまでもなく、私たちは、自分の行く先やなすべきことを知ってこの世に生まれてくる訳ではない。このゴーギャンの問いかけに対して自分なりの回答を見出すことが人生の意味であるのかも知れない。

誰でも、人生で一度は「如何に生きるべきか」と真剣に自問したことがあると思う。果して自分はどういう人間なのか、そして自分は何を為すべきなのか。こうした探求は自分自身が納得するまで行う「自分捜し」である。

自分捜しに費やすエネルギーの強弱や時間の長さには個人差があるが、私自身は自分捜しに相当時間を費やした方ではないかと思う。「自分捜し」に思い悩んでいた30代半ばの頃、金沢に山崎利一というスケールの大きな人物がいると聞いて訪ねたことがある。山崎利一先生は、30代の前半で校長になられたような傑物、斗酒なお辞せずの酒豪であり、性格は大胆にして細心緻密、文化芸術面にも造詣が深いと言う。朝市の中を行けば、あちこちから、ひっきりなしに「先生!」「先生!」と声がかかる名士だとも言う。そうした話に興味を持った私は、日本経営士会の全国研究発表大会が開かれた機会を利用し、金沢の先生のお宅を訪ねた。それまで先生とは全く面識がなく、自分の訪問は、突然の押しかけに近かったと言っても良い。

その頃の私の悩みは、このままいつまでもサラリーマンを続けるべきかどうかということだった。先生宅には、少なくとも2時間はお邪魔していたと思うが、その間、私は北大路魯山人素描集を最近買い求めたこと、その画集の魯山人の素描が素晴らしいことをひとり興奮気味に話した。すると先生は、私のグラスにビールをつぎながら、「そうか」「そうか」とうなずくのだった。そして、先生宅を去る時には、すでに私の悩みは消え、その逆に、当分はサラリーマンとして先のことは考えず、やるだけのことはやってみようという気力が全身に溢れていた。

それ以来、山崎利一先生とは一度もお会いしていないが、その時の2時間は私を変えた貴重な2時間だった。私は先生に向かってひとり饒舌に話し、そして自然と歩むべき道筋を見つけていた。まさに先生は、素晴らしい名カウンセラーであった。

「カウンセリングとはかくあるべし」

今にして思う先生の妙技であった。山崎利一先生は、今年90歳の卒寿を迎えられたが、自ら脳卒中の後遺症が残る身でありながら、脳卒中の後遺症に苦しむ人々のためのリハビリを推進している。先生からいただいた数年前の年賀状は、真ん中に少し芽の出た玉葱がひとつ淡彩で描かれ、その絵の右と左に分けた次の言葉が書かれていた。

赤い玉葱　地の味ゆたかよ
日の光　我に時を与えたもう　　合掌

## 心の絆だけが残った

10月初めのこと、全員を集めて緊急のスタッフミーティング（社員会議）が開かれた。新工場がスタートして5ヶ月目のことであった。そのミーティングで、米国本社が私たちの、この新しい工場を閉鎖する旨決定したことが発表された。発表は全員にとって衝撃的なできごとであった。しかし、工場の閉鎖は、米国本社の最終決定であるという動かし難い事実の重さに、全員悔しさをかみしめながら黙ってそれを受けとめた。発表する春日工場長も断腸の思いであり、声は涙にむせんでいた。

当時、ＣＡＤの分野で世界第３位にまで成長していた米国コンピュータビジョン社の子会社、日本コンピュータビジョンの厚木工場は、半年前に完成し、5月の連休明けからスタートしたばかりであった。社員の中には、夢と希望に胸をふくらませて新たに転職して来た者、あるいは新工場の建設に伴って住み慣れたマイホームを手放して厚木に移転する者もいた。私自身、たまたま春日工場長とお会いしたことがきっかけで転職を決意し、今まで住んでいた京王線の調布市・国領のマンションを売り払い、小田急線の現在の住居に移転した。

工場長の春日裕幸氏は、日本ＩＢＭ社で人事部長、藤沢工場長などを歴任された後、監査役を最後に退任された方であった。ご出身は北海道で、フルブライト留学の第一期生でもあった。私は一度お会いしただけで、苦労人で人情味のある、魅力的な人物であることがすぐに理解できた。コンピュータビジョンの厚木工場の建設は、春日工場長にとって、ご自身の豊富な経験や知識を凝縮した最高の夢の実現の場であった。

しかし、これまで急成長してきたコンピュータビジョン社の業績は、１９８４年の創立以来最高の売上達成をピークに落ち込み始め、翌年の前期決算では赤字となった。その時点での厚木工場の社員数は総勢およそ20名、年明け早々の米国本社からの採用ゼロ指令により、当初予定数70名の3分の1にとどまっていた。そのため、20名足らずの社員は、誰でも一人二役は当たり前、一人三役や四役もまれではなかった。しかし、厳しい状況ではあったが、近い将来、必ず業績は回復すると信じて誰ひとり愚痴をこぼすことはなかった。全員の士気は旺盛、チームワークも最高の水準にあった。四半期末の製品出荷時には、春日工場長以下全員で客先に出荷する大きなコンピュータの梱包・包装作業を行った。人事担当の私もそれに加わったが、こうした共同作業を通じ、自然とお互いの信頼感・連帯感が高まって行くことを実感することができた。

当初、米国本社の工場閉鎖の指令は「即時」であったが、その後の交渉により閉鎖時期を年末まで延長することができ、11月、春日工場長以下全員で箱根に一泊旅行を行った。その旅行には、米国本社から長期出張して来ていたアメリカ人社員も全員参加し、箱根の旅館での懇親会は、参加者全員が心行くまで楽しんだ。しかし、誰もが、この一泊旅行が厚木工場の初めてで最後の社員旅行であることを知っていた。

いよいよ12月いっぱいを以て厚木工場はスタートして僅か9ヶ月で閉鎖、社員はそれぞれ離れ離れに新しい道へ進むことになった。人事担当の私がなすべきことは、皆の再就職が成功するよう支援することであった。当時の日本コンピュータビジョン厚木工場の元社員20名は、１９８５年末の工場閉鎖後から現在に至るまで、毎年１回、11月に同窓会を開いている。それは七夕に逢瀬を楽しむ彦星と織り姫のようである。一緒に仕事をしたのは、僅か1年ほどの短期間であった。しかし、全員の胸には懐かしい思い出がぎっしり詰まっている。私も、この厚木工場で普通のサラリーマン人生ではなかなか味わえない、ユートピアのような世界を体験することができた思いである。

その後、厚木工場の建物は他社にリースされたが、そのリース先の会社も撤退し、4年前、遂に完全に灯が消えた。翌年の1月、春日元工場長から前年の会で撮った写真を同封した一通の手紙が郵送されてきたが、そこには次の手紙文がしたためられていた。

「新しい将来を信じて厚木に集まり、心ならずも別れてから10年になります。昨年は残念ながら、厚木工場ビルの灯も消えました。そして残ったのは、私たちの絆だけとなりました」

現在、日本では企業の倒産や事業所の吸収合併・縮小などが相次いでいる。解雇や人員削減も増加している。確かに厳しい状況ではある。しかし、決してくじけてはいけないと思う。人間は挫折を知ってたくましく成長する。挫折を知らない人間には魅力がない。挫折を知って他人の心の痛みが心底わかるようになる。

「艱難　汝を玉にす」。逆境は新たな人生へのバネである。

# 山頭火のこと

酔ふて　こほろぎと　寝てゐたよ

大好きな酒を飲み、酔いしれて田んぼのあぜ道に寝ていた時、近くの老婆が、風邪を引かないようにと、むしろをかけてくれた。種田山頭火、昭和5年の作句である。山頭火は、山口県防府市の裕福な大地主の長男として生まれたが、11歳の時、母が井戸に身を投げて自殺するという衝撃的な体験をした。この母に対する想いは、生涯、山頭火の心の中に哀しみとして残ったと言う。この後、種田家は、父の政治と女への過剰な出費がもととなって没落して行く。そして、遂に一家離散に追い込まれる。旧家や名家が没落して行く時には、必ずと言って良いほど、ローソクの残り火が最後の輝きを見せるように、後生に名を残す芸術家が出現する。

元来、芸術の世界はビジネスの世界とは異なる価値観の世界である。3センチほど離れた2点を結ぶ線を書く場合、ゆっくりと時間を5分かけて線を引くのが芸術の世界であるとすれば、ビジネスの世界では、そんな悠長なことは許されず、いかに素早く効率的に線を引くかが問われる。御多分にもれず、あまりに芸術的資質の人だった山頭火は、ビジネスは苦手で、家業を引き継いでも、決して立て直すことはできなかった。山頭火は28歳で結婚、翌年には長男が生まれたが、結婚後1週間目には60キロも離れた津和野まで夜道を人力車で飛ばし、酒を飲みに行ったと言うから、既にその頃から酒に溺れる生活が始まっていたらしい。

山頭火は、現代風に言えば生活破綻者であった。本人の言葉を借りて言えば、「どうしようもない私」であった。破産後には故郷を後にし、遂には妻子も捨てて行乞放浪の道に入った。昔の西行とか、尾崎放哉といった人も同じようなことをしている。山頭火が行乞放浪の生涯で作った、いわゆる自由律の俳句は数万句と言われている。放浪の画家としては、長谷川利行が有名である。利行の絵はデッサンが滅茶苦茶だと言う人もいるが、その画面には何とも言えない詩情が漂っている。以前、「山門」という題名の50号の油絵を描いたことがある。その時に私の頭にあったイメージは山頭火だった。古ぼけた山門の下に僧衣の男がひとりで佇んでいる。遠くには朱い灯が見える。この絵は、私なりに気に入っている自作の油絵の一枚である。

沢山ある山頭火の句の中で、私の好きな句をあげると次の五句である。

分け入っても　分け入っても　青い山　（大正15年）

鴉鳴いて　わたしも一人　（大正15年）

酔ふて　こほろぎと　寝てゐたよ　（昭和5年）

あるけばきんぽうげ　すわればきんぽうげ　（昭和7年）

ころり寝ころべば　空　（昭和7年）

種田山頭火は明治15年の生まれ、45歳で行乞放浪の旅に入り、昭和15年に59歳で亡くなった。その晩年の句に次の一作がある。

おちついて　死ねそうな　草萌ゆる

## 親父の遺言

着るものは　暑さ寒さをしのげればいい

食べものは　飢えをしのげればいい

住まいは　雨露をしのげればいい

余ったものは　社会に奉仕すればいい

これは、3年前に94歳で逝った親父が、生前よく言っていた言葉である。この言葉を、私は親父の遺言だと思っている。親父は、亡くなる前の日、準備するかのようにひとり床屋に行き、身を整えたと言うが、いつも他人には絶対に迷惑をかけないという生き方だった。私の若い頃のアルバムには、手を前に組み、直立不動で立っている親父の写真がある。その下には、「精神貴族」という私の注釈がついている。幸福を独り占めにしないで、他の人にもその幸福を分かつことを「分福」と言うが、私はこの言葉が好きである。

## 私のワイフ

私のワイフは、「しゅふ」である。その証拠に、牛乳パック紙を利用して手作りした彼女の名刺には、そういう肩書きが付いている。これを見て、ある女性がワイフに訊いた。「しゅふってどういうお仕事?」と。ワイフ応えて曰く「私は漢字の主婦になれない平仮名のしゅふです」と。この意味、お分かりいただけるだろうか。今から13年前まで、ワイフは、東京の公立幼稚園の教師だった。幼稚園の教師になる前は数年間、ある大手の会社の販売部門のOL。職場では「坊や」と呼ばれたり、上司からは「君が男だったら、福岡販売店は君で十分なのに、残念だね」と言われたりしたらしい。体を動かすことが大好きで、冬はいつも顔が真っ黒。東京生まれなのに、スキーが大好き。冬の浅間山でスキーをしたこともあるらしい。北アルプスの穂高では「我が青春に悔いなし」と叫んで涙を流したと言う。平地の観光旅行は好きでない。

それよりも、おにぎりを持って野山を歩いたり、ハイキングしたりすることが好きである。

ＯＬ時代には「夜の蝶」に憧れたと言う。それは実現しなかったが、「女が愛して憎むとき」という映画の中で夜の蝶を演じた若尾文子の後ろ姿に魅力を感じたらしい。父親が小学校の校長、母親も元小学校の教師、兄も高校の教師という家庭環境にも影響されたかどうかは分からないが、結局、ワイフも「蛙の子は蛙」ということで途中から教師になった。幼稚園の教師になりたての頃、研究保育で、東京の子どもたちに真っ赤に紅葉した葉っぱを見せたくて、ひとりで日光まで採集に行った。研究保育の当日、その紅葉した葉を見て、子どもたちは眼を輝かせ、「先生、その葉っぱは本物？」と言って飛びついて来たと言う。こんな風に、指導の目的達成のためには、すぐに行動に移るのがワイフであった。

私の都合で教師を辞めて13年。ワイフは生まれ変わっても、また教師になりたいと言う。教師という職業にはそんなに魅力があるのだろうか。教師時代のワイフは、いつも子どものことや教育のことが頭を離れず、24時間勤務と同じだったが、教育への情熱は凄かった。休みの日、せっかく旅先へ来ても、いつも教育課程の資料や謄写版を携えていたりして、サラリーマンだった私には、教師という職業は大変なものであると感じられた。

結婚して、今年で32年。私はわがままで頑固であるから、もし、私と出会っていなければ、彼女の人生はもっと穏やかなものであったに違いないと思う。私のワイフは、「しゅふ」である。それでいいと私は思う。「おばさん」も、「主婦」も、ワイフには似合わない。

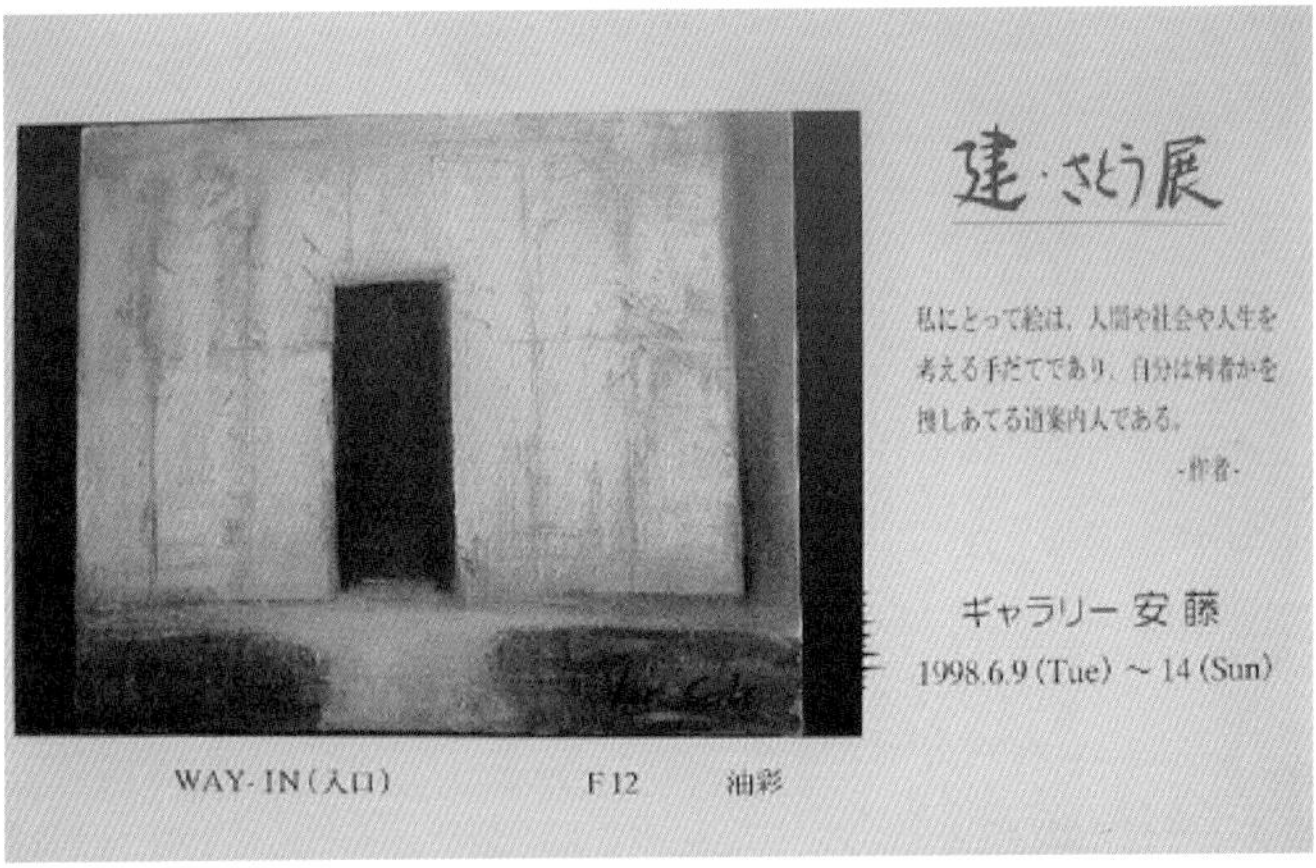


初個展の「建・さとう展」の開催案内

一枚の風景画　「浅間山」　F 20 号

43歳の自画像　F8号

灯台のある風景（鵜原にて）　M15号

油彩画 「山門」 F 50号

# 三、マイ・エッセイ

《入院日記》と《初個展に添えて》に続くこの《マイ・エッセイ》は、２００５年以降つれづれに自分が感じたことや思ったことなどを綴った随想文の幾つかと、タイトルを次のように変更しながら懇意にさせて戴いている友人や知人の皆様にパソコン・メールで送信してきた数多くの随想文の中から抜き出したものを取りまとめたものである。

・道ばた通信　　２０１０年3月〜２０１２年３月
・道ばたノー　　２０１２年4月〜２０１３年12月
・道ばたメモ録　２０１４年2月〜２０１５年12月
・落ち穂拾い　　２０１６年2月〜２０１６年12月
・波の音　　　　２０１７年1月〜２０１７年12月
・随想メモ　　　２０１８年2月〜２０１８年12月
・マイ・メモ　　２０１９年1月〜現在

なお、右の各通信メモで発信して来た本文には、毎回のように自分の買い求めた本や読んだ本について「読書ノート」として紹介しているが、それについては省略した。

# 四季の歌

それは一昨年の8月のことである。私はフィリピンのアンティポロ市にある研修センターで8月8日から12日まで5日間行われた管理者研修の講師を務めた。私にとってフィリピンでの管理者研修は今回で4度目、若手の管理者が中心で、中には日本系の企業からの参加者もいた。研修方式は、全員一緒に泊り込んでの合宿形式、用語はオール英語であるが、受講者は英語とタガログ語をその場に応じて上手に使い分けるので、タガログ英語と言うべきなのかも知れない。今回の研修の受講者は25名、そのうちの4割、10名が女性である。日本での管理者研修ではほとんどあり得ない数字だが、さすがアキノ氏、アロヨ氏と2人の女性大統領を出しているお国だと思う。

さて、5日間の研修の中日の水曜日の夕食は研修センター敷地内にある屋外のレストランであったが、フィリピンの人たちは日に6回も7回も食事を摂ると言われる程、本当に食べることが大好きである。その屈託のない明るさは、酒を飲んだ時以外いつもおし黙っているような、生真面目過ぎる私たち日本人にはないものである。夕食が終わるとカラオケセットが運び入れられ、次々と受講者がカラオケのメロディに合わせて歌い始める。見事な踊りを披露する者もいる。それにしても、その歌声の美しさ、素晴らしさには本当にびっくりする。日本人とはそもそも生まれつき声帯そのものが違うのかも知れない。以前、同じことをイタリアでも感じたことがある。

カラオケ大会も佳境に入り、いよいよ予期していた通りに私にもご指名が回ってきた。こうした際は、いくら歌が上手くなくとも、日本男児として絶対に断る訳には行かない。あいにくカラオケには日本の曲は入っていなかったが、とにかく真ん中に出てマイクを握った。

フィリピンを初め、東南アジアの国々の多くは季節があると言っても乾季と雨季だけ、春夏秋冬の四季はない。そこで日本の季節を表現する曲として私が選んだのは『四季の歌』である。また、ずっと昔、表参道の青山通りでこの曲を歌った故立川澄人氏とすれ違った思い出もある。私はこの『四季の歌』を、「春を愛する人はぼくの友だち」、「夏を愛する人はぼくの父親」、「秋を愛する人はぼくの恋人」、そして、「冬を愛する人はぼくの母親」と、一番から四番までを想いを込めて歌い切ったが、歌い終わった時、彼らは皆、私に大きな拍手をして喜んでくれた。こうしてこの『四季の歌』は私にとって記憶に残る大切な一曲となった。そして私は、管理者研修を成功裏に終了して帰国したが、その後、このアンティポロ一帯は太平洋戦争中の大激戦地のひとつで、多くの人が命を落とした所だと知ったのだった。

（２００５年）

# 思い出

今年9月の誕生日が来ると、私も65歳になる。いつまでも若い積もりでいて、もうそんな歳になるなどとは少しも考えず、予想すらしていなかっただけに、遂にそれが他人事ではなくて自分のことであるという厳然たる事実を思い知ると、寂しくもあり、また、本当に『光陰は矢の如し』だと実感するこの頃である。そう言えば最近、1年365日という日数が妙に早く過ぎて行ってしまう感じがしていたが、これは直感と言うか、本能と言うか、自然な皮膚感覚のようなものが、「あなたはもう若くはありませんよ」と告げてくれているのだろうと考える。

自分と年齢が同じ位か、あるいは上の人と話してみると、「そうだね。その通りだね。昔はそうでなかったのだが、歳をとると昔と違って本当に月日の経つのが早いんだよ」と異口同音に言われるから、間違いなくそう断定して考えても良いようだ。また、近頃は「水戸黄門」とか「遠山の金さん」といった、単純と言えば単純な勧善懲悪型のテレビ番組を好んで見るようになっているが、これもどうやら歳のせいらしい。昔は、結末がわかり切っているような、そうした番組をどうして多くのお年寄りが楽しんで見るのか不思議に思ったものだが、最近では、世の中の悪い人間や悪党が成敗されるのを見ると非常に胸がすっきりして、昔のお年寄りの心持がよくわかる。それにしても、若かった頃は、過去を振り返って思い出に耽るというようなことはほとんどなくて、ただひたすら前を見て前進するばかりだったが、近頃は昔のことや関わりのあった人たちのことを思うことがしばしばあり、時には夢まで見るようになったから、本当に不思議である。

ある日、65歳になるということは、自分もいよいよ『高齢者』の仲間入りをするということになるのかな、いやちょっと待てよ、果たして世に言うところの『高齢者』への入口年齢は65歳なのかどうか、念のために調べてみようと、インターネットで検索してみたところ、『高齢者』について必ずしも厳密な定義がある訳ではないことがわかった。そして、次のような調査資料が見つかった。それによると、「およそ70歳以上が高齢者である」と考える人が48・7％と最も多く、「およそ65歳以上が高齢者」とする人は18・5％、「およそ75歳以上が高齢者」と考える人が12・9％ということであったが、さらに性別で見ると、女性では「およそ70歳以上が高齢者である」と考える人の割合が高く、また、20代では「およそ60歳以上の人が高齢者である」と考える人が15・2％いるということだった。ここで、よくよく考えてみれば、65歳になると『高齢者』になるのかどうかは、他愛ないことだとは思うが、定年年齢の引き上げとか年金の支給開始年齢の話となると決まって65歳という年齢のことが出て来るから、それなりの意味はあるのだろうが、65歳になった人が『高齢者』に該当するかどうかは、結局、個々人の心の持ちかたで決まることだと考えるのが適当であるという結論を下した。少し理屈っぽくなったが、自分なりに一応はそんな結論を導き出せたのだから、あながち無駄なことをしたのではなく、調べただけの甲斐はあったと思う。

さて、これまでの自分の人生では、一体どんなことが記憶に残っているのかと振り返ってみると、実際、実にいろいろなことがある。その中で、一番古いのは3歳の頃のものである。「自分の最初の記憶は確か3歳の頃のことでした」と言うと、「3歳なんて、そんなことはあり得ない」と中には疑う人もいたが、『三つ子の魂、百まで』と言うからにはあり得ないことではないし、それに当時の社会や家庭の有様についての情報と自分の記憶とを照合してみると、最初の記憶は間違いなく3歳頃のことである。昨年4月に81歳で亡くなった長兄が病気になって入院したのは太平洋戦争の終戦の年の昭和20年で、私は母に連れられて確かにその入院先の病院に行った。また、すぐ上の兄と庭の防空壕に入ったが、明らかに日本はまだ戦争をしていた。それにしても、防空壕の中でそら豆の煮たのを食べた思い出がはっきりあるのだけれど、そら豆はその当時では結構贅沢な食料だったのではないかと思うが、一体どうしてそんなものが手に入ったのか、今でも不思議に思っている。それに、米軍のグラマン戦闘機が低空を飛んで行くのを確かに見たし、戦争が終わった直後のことと思うが、米軍の兵士たちが戦車を真ん中にして田舎の故郷の町中を行進してきた、当時の言葉で言えば進駐してきたのを二階から眺めた記憶が鮮明に残っている。

次の思い出は5歳頃の話で、今は亡き父が木のクモ箱を作ってくれたことである。当時、私の生まれ故郷では、春になると少年たちは皆が野山に出かけ、椽の木やお茶の木や他の色々な木の葉っぱの上に巣から出てきたクモ（ハエトリグモ）を捕った。方法は、クモを見つけると葉の下にそっと帽子を裏返しに差し出し、枝を静かに揺すってその中に落とすのだが、時には下に蛇がとぐろを巻いているのに気づかず、足を踏み出したところ、何だか得体の知れない異様な感じがしてギョッとした経験もある。

今と違ってテレビもパソコンもゲームも何もない時代だったから、遊びはすべて家の外であったけれど、春・夏・秋・冬の季節ごとの遊びの定番が決まっていて、近所の子供たちが大勢集まっては夕方暗くなるまで遊び呆けた。この点、最近の子供たちと比べて物質的には全く貧しかったが、あれこれ本当に楽しく遊べた子供時代ではなかったかと思う。クモ箱の件であるが、私はその時まだ5歳位で、次兄が餓鬼大将となって近所の少年たちを引き連れてクモ捕りに出かけるのを知り、私も連れて行ってくれるように何度もせがんだが、まだ幼い私が足手まといになるのを嫌って連れて行ってくれない。すると希望を断られ、家に残ってめそめそ泣いている私の気持をなだめようとして、鉋掛けまでした立派な木製のクモ箱を父が作ってくれた。件《くだん》のクモは成長魚のように脱皮してはその姿・形を変えて行き、最終段階の大変美しい姿態をしたクモは『フンチ』と呼ばれ、大勢の人の中心に置かれたクモ箱の上に登場し、相撲のように相手を頭で押して戦うクモ合戦の戦士であり、いつもクモ箱に大事に収納されていた。当時、クモ箱はれっきとした商品で紙製の四角いものが市販されていたが、木製の立派なクモ箱は前にも後にも見たことがないから、このクモ箱のことは私にとって父に関する大事な思い出のひとつである。

3つ目の大きな思い出は、私が小学校の1年の時のことである。どこか知り合いの人から、亡くなった母が三毛猫のような毛模様の仔猫をもらってきたのだった。仔猫は顔つきも大変好くて大変可愛がった。しかし、しばらくして突然姿を消してしまった。毎日、あっちこっち探しても見つからない。学校に行ってもこの仔猫のことばかりが気になり、学校が終わるとすぐに一目散に家に帰り、母に仔猫が帰ってきたかどうかと尋ね、いないとなるとまたあっちこっち探し回った。そしてある日、学校から急いで帰ってきた私に、家の玄関の縁の下で猫が死んでいるのを見つけたと母が告げたのだった。その言葉を聞いてすぐに思いっきり玄関の縁の下を覗き込んでみると、母の話は確かだった。その後の数日間、どんなに私は泣いたことだろうか。死んだ仔猫は「家の近くの魚屋さんの店先からフグを盗んで食べたのかも知れない」と母は言ったが、私は、とにかく悲しくて泣き続けるばかりだった記憶がある。その後、母は二度と猫を飼おうとはしなかった。

このように、少し考えてみただけで、色々なことが思い出される。そして、当時の一つひとつの出来事の様子、自分の気持ち、あるいは父や母や兄弟や友だちのことなどが次々と脳裏に浮かんでくる。話せば話す程、人生の思い出は次から次へと尽きないが、『年寄りの長話』と言われないよう、この辺で終わることにしよう。今年9月の誕生日で私も65歳。いずれ私の人生にも必ず終わりがやって来るが、楽しいことも悲しいこともひっくるめてあらゆる全ての思い出を貴重で愛おしいものとして大切に扱って行きたいと思う。

（２００６年）

# 油絵を描き続けて

テレビで最近、若くして亡くなった尾崎豊という歌手のライブショーの様子が2時間にわたって放映された。歌は皆、彼自身が作詞作曲したものだが、歌詞の内容に耳を傾け、彼がステージで真っ正直に一心不乱に歌う様を見ていると、彼が伝えたかったことがよく理解できる感じがして心が動かされた。彼が亡くなってから15年もの歳月が経過したのだが、今も年齢や性別にかかわらず沢山のファンがいると言う。きっと彼の魂は沢山の人々の心の中に棲みつき、これからも生き続けていくに違いないと思った。

そんな時、昔読んだ「ゴッホの手紙」を読み返してみたくなり、整理の悪い書棚の奥から上中下3冊のすっかり色変わりした文庫本を探し出した。何故急にそんな気持になったのか、本当の理由は必ずしもはっきりしないが、孤独と苦難の中で画家ヴァン・ゴッホが37年の短い人生を駆け抜けて行ったことに対して、自分の心の奥底に哀悼と憧憬の気持が長い間、入り混じって棲みついていたのだろうと推測している。そして不思議なことには、どこにしまい込んだのかわからず仕舞いであったメモが偶然にも書類の間に見つかった。そのメモとは、2005年秋に南仏へ一週間ほど旅行した時、帰りの飛行機の中で書き綴った次のメモである。

「今、ロンドンから成田空港へ帰るJALの機内でオーディオに耳を傾けている。それは〝黄金の70年代の幕開け〟と題する日本の歌の特集である。尾崎紀世彦の『また逢う日まで』とか、五木ひろしの『よこはま・たそがれ』、あるいは小柳ルミ子の『わたしの城下町』、ペドロ&カプリシャスの『別れの朝』など、60歳を越した私にとっては昔懐かしい曲の数々である。思えば、南仏に向かって成田空港を発ったのがちょうど一週間前、目的はあの後期印象派の画家として有名なゴッホやセザンヌが生きた、描いた土地の景色、空気のありようを実際に自分の眼で確かめることだった。成田を発った飛行機はパリのド・ゴール空港に12時間後に着陸、その後、3時間の待ち時間をはさんで別のマルセイユ行きの飛行機に乗り込む。ド・ゴール空港からマルセイユ空港までは1時間半あまり、着陸後はバスで一挙にセザンヌの故郷エクス・アン・プロバンスまで行く。ホテルに着いたのはすでに真夜中だったが、明日はセザンヌの描いたサン・ヴィクトワール山の風景を自分の眼で確かめることができると思うと胸が弾んだ。そして、翌日、遂に遠くにサン・ヴィクトワール山を眺めるセザンヌの実際の写生地に立った。あいにくと曇り空ではあったが、確かにサン・ヴィクトワール山がそこにあったのだ。セザンヌがこの山の景色を盛んに描いた時からすでに一世紀あまりが経ち、今は別荘風の立派な家々が立ち並んでいるが、遠くに見える家々のオレンジ色の屋根と白い壁が緑の中のところどころに映え、石灰石の山としてそそり立つサン・ヴィクトワール山の添え役として、見事に調和がとれて美しい。空は雲がいっぱいで、セザンヌが空をさまざまな色彩を使ってタッチで描いたことはもっともだと納得した。来年2006年はセザンヌ没後百年ということで、大々的な回顧展が計画されているらしいが、エクス・アン・プロバンス市にはセザンヌの絵はほとんどないという。生前、セザンヌはこの地元ではほとんど理解されていなかったらしい。エクス・アン・プロバンスの次は、明るい太陽の光に憧れ、あのゴッホがパリから移り住み、『向日葵』の絵に代表される明るい絵を沢山描いたアルルである。バスの窓から見えるアルル郊外の風景はまさにゴッホが描いた絵そのままだった。やがてバスは、自ら耳を切り取ったゴッホが収容された病院へ着いた。そこではゴッホが描いたのと同じ中庭の美しい花園を見た。今はヴァン・ゴッホ病院という名前がついた病院だが、やがて地元の人々の強い要望と本人の希望により、ゴッホはアルルから25キロ離れたサン・レミの療養院へ移されたが、そこにいた一年間の入院生活の中で、ゴッホはあの驚くべき創造の画面『糸杉』を中心として150点あまりの油絵を描き遺した。実際にその場所を訪れると、明らかにそこは鉄格子のある精神病院であった。周囲にはゴッホの絵でなじみ深いオリーヴの樹々があった。それと、ここでもアルルと同じように糸杉があちこち眼に入った。ゴッホは糸杉に死の影を見ていたと美術書に書かれていた記憶があるが、実際には糸杉は強烈なミストラルという季節風を防ぐための役割だったらしい。サン・レミの後、ゴッホは北のオーヴェールに移り、間もなくあの横長のサイズのキャンバスに空と大地、あるいは烏の群れ飛ぶ麦畠の様子を描いた。そして、自らの胸に向かってピストルの引き金を引き、37歳の生涯を遂げた。今回の旅では、今でこそ世界中の人々から賞賛され、深い敬意を払われているが、本人の存命中は全く世間から評価されなかったセザンヌ、ゴッホという2人の画家が生活し、数々の名作を描いた土地を訪れ、その土地の景色、空気のありようを少しばかり追体験できた気がする。そして、彼等は何故あのような個性的で独創的な画面を構築できたのか、その色彩やタッチにはどのような必然性があったのか、その理由の一端を窺い知ることができた」（以上、原文のまま）

ゴッホ、セザンヌの画集をボロボロになるほど何度も何度も見返しながら30年もの間、ひとりの無名の素人画家として絵を描き続けてきた私にとって、南仏のエクス・アン・プロバンス、アルル、サン・レミをじかに見ることができたことはこの上ない喜びであった。31歳の時、初めて油絵の筆を持ち、それから今日まで仕事の傍らで絵を描き続けてきた。初めはゴッホの魅力に取り憑かれ、次いでパリの旧印象派美術館でセザンヌの作品に出会ってからセザンヌ一辺倒になった。やがてピカソその他の新旧さまざまな画家の間を次々と行き来したが、結局は元通りにゴッホとセザンヌへ舞い戻った。

サン・ヴィクトワール山の遠望

ヴァン・ゴッホ病院の中庭の花園

人生で初めて描いた油絵は小品の稚拙な静物画ではあるが、見ていると、その時からもう34年も経とうとしているのに、自分という人間の本質は少しも変わっていないことに気づかされる。私はこれまでずっと飽きもしないで油絵を描き続けて来たのだが、その本当の理由とは単純なひとつの事実を知るためであったのかも知れない。その単純なひとつの事実とは「人間はそう簡単には変わらない存在である」ということである。

（2007年）

## 長野よ、さようなら

「こんな絵は長野では入りませんよ」。これは、長野県に引っ越した翌年、自作の油絵を県の美術展に初めて出品した時、搬入の受付で男性の担当者から告げられた言葉である。出品作は自分なりの自信作であり、出品料も7千円という高額だったから、初対面の人からこんな言葉を聞いた時には本当に驚いたし、腹立たしく感じたものだった。しかし、結果はこの担当者のお告げ（?）通り、落選だった。そして、性懲りもなくその翌年、翌々年と同じように自分なりの自信作を出品したのだが、結果は落選だった。確かにプロの画家ではないけれど、仕事の傍らで30年以上もの間、心を込めて懸命に描き続けてきた油絵であり、都美術館での展覧会への入選、グループ展への出品、個展の開催などをしてきた自分にとって、この長野県展での毎回落選の体験は大層苦々しい思い出として心に残った。

4月24日が来ると首都圏から長野県にIターンして満7年になるが、このあっという間に過ぎた7年間にはさまざまなことがあり、懐かしい思い出ばかりである。長野県に来て22日目には薪ストーヴの煙突の先からシジュウカラが室内に落ちてきた。煙突の中でカサコソと音がするのでストーヴの蓋を開けたところ、シジュウカラが飛び出してきた。シジュウカラは部屋中を飛び回り、そして窓から窓へとぶつかりながら開けた窓から室外に逃げて行った。室外の樹の梢にはつがいの相手らしいもう一羽のシジュウカラが鳴きながら止まっていて、一緒に連れ立って飛んで行った。その10日後の32日目、今度はひと回り小さなヒガラがストーヴの中へ同じように落ちた。ヒガラの場合は窓にぶつかって元気をなくしたところをそっと両手に包み、室外で掌を開けたら、じっと眼をつぶったままであったが、2秒か3秒経つと眼をぱっちり開けて飛び立っていった。

シジュウカラやヒガラの思い出とは別に、27日目の朝、まだ整地が手つかずの状態だった我が家の庭先の草むらに日本カモシカが悠然と出現した。一瞬、馬でも現れたのかな、と思ったが、よく見ると馬とは違って体の割に顔が小さく、以前耳にしたことのある日本カモシカだとわかった。日本カモシカは眺めるように室内から見つめている私と妻の方に顔を向けていたが、やがてゆっくりと歩き始め、私たちの眼前から姿を消した。庭先に日本カモシカが姿を現すなどとは思いもよらなかったので本当にびっくりしたが、それは夢・幻ではなく、本当のできごとだった。そして30日目、今度は庭先に狐の子どもが一匹現れた。「あっ、狐！　狐！」という妻の叫び声に、新聞を見ていた私が庭の方に眼を向けると、そこにはまさしく〝狐〟色をした小さな狐が一匹いるのだった。狐はこちらにチラッと眼を向けた後、少し早い足取りで庭を横切って姿を消したが、小柄で尾の大きさも小さい親狐から離れてひとり立ちしたばかりの子狐だった。その子狐が背負っている厳しい自然条件の中で生きて行かなければならない運命を思うと、あの時、どうして「頑張れ」とひと声かけなかったのかと未だに悔やまれる。

6年前の春、妻とふたりで越して来た自然いっぱいの長野県だが、先々の老後の生活のことを考え、再び首都圏に帰ることに決めた。長野県に来て丁度7年が経過する来年4月下旬の移転を予定しているが、この7年間の経験・体験は、私の人生に間違いなく貴く大切な数々の思い出を与えてくれた。人生があとどれだけ長く、あるいは短くあるのかはわからないが、去る時は心からの感謝を込めて「長野よ、さようなら」と叫ぼうと思う。

（２００８年）

## スキーの思い出

「十日、夜行にて新宿発。十一日、黒菱ヒュッテに到着。天気良好。素晴らしい眺望である。前夜、全然寝ておらず疲れているが、第一ケルンまでスキーを担いで上がる。風が強く非常に寒い。だが、実に美しい。遠く浅間山の煙も見える。結局、滑れないから、又担いで下る。夜から雪が降り始める。十二日、斜滑降を練習。最後に無鉄砲振りを発揮して直滑降。止めようとしてもスピードが出過ぎて止まらず、自ら転んでどうやら止まる。十三日、すごい吹雪。だが滑る。転ぶと起き上がるのにひと苦労。十四日、黒菱ヒュッテを発つ。中途から晴れ上がる。リュックを背に何度も転びながらも八方山荘近くに到着。すぐに帰るのは物足りないのでリュックだけゴンドラで送り、アルペンリフトに乗って上まで行き、以後ずっと滑り降りる。直滑降も混ぜて。全く無茶なことなのかも知れぬ。とにかく麓近くまで、スキーの調子がおかしくなるまで。およそ二時間もかかって。そして今、細野にて休んでいる。怪我は脛の打撲傷のみ。上出来か」

以上の文面は、昭和40年、つまり1965年の3月14日に妻（当時は互いに独身で翌年に結婚）に宛て、信州の八方尾根スキー場から出した葉書の文面であるが、私にとってこの時が人生におけるスキーの初体験である。

私は小さい頃から陸上競技が得意で運動神経に自信があり、スキーなんて容易いものだと思っていたのだが、実際にスキーを履いてみると予想に反してなかなか上手く行かず、とにかく何度も何度も転びながら懸命に練習に励んだのだった。それにしても初めて選んだスキー場が八方尾根という難コース、しかも覚えたばかりのキックターンと斜滑降だけを頼りに何とか麓まで滑り降りた訳だから、今にして思えば無茶なことだったが、こんなことができたというのも若かったからだと思う。

スキーを始めたのは、妻と知り合ったからである。妻は当時、すでにスキーを存分に楽しんでおり、私はスキーができなくては相手にしてもらうことは不可能だと感じて始めたのだった。そして翌年の12月25日、結婚にゴールインした私たちが選んだ新婚旅行先は北海道のニセコだった。ニセコは当時、確か比羅夫《ひらふ》と言われていたような記憶があるが、結婚式の翌朝早く、私たちはリュックサック姿で羽田空港から北海道に向かった。現地では民宿のような旅館に泊まり、靴の踵《かかと》がパカパカと上がるカンダハー式のスキー板の雪面に滑り止めのスキーシールをつけて雪が降る中を山スキーに行った。途中、同じようなスキー板を履いて、非常に速いスピードで私たちを追い抜いて行く郵便配達の人、あるいは高地での訓練が終わって下山してくる大学の山岳部の学生たちなどに出会ったことが懐かしく思い出されるが、当時は人影が多くなかったあの比羅夫、現在のニセコがオーストラリアから大勢のスキーヤーが訪れるようになり、彼らのためのコンドミニアムが沢山建つようになったというニュースである。今年の冬はどうだか知らないが、私たちが新婚旅行に行った当時とは驚くばかりの大変化である。

信州の八方尾根の初スキーから44年、北海道のニセコへのスキー新婚旅行から45年となり、まだまだ若い積りでいたのだが、年々歳を重ねるうちにいつしか高齢者の仲間入りをし、しかも今年で3年目を迎えようとしている。スキーと出会ってからは、毎年私たちは正月をどこかのスキー場で過ごすことが恒例となった。上越の中里、妙高高原、赤倉、湯沢、苗場、野沢温泉、あるいは上州の草津、信州の野沢温泉など、常宿を決めず、その行く先は毎年猫の目のように変わったが、美しい雪景色を見ながらスキーを滑らせる楽しさ・醍醐味は格別であり、最高のリフレッシュとなった。初めの頃はまだスキー操作が下手糞で、思い通りにスキーを止めることができず、リフト待ちの人々の行列の中に飛び込み、辛うじて無事に止まったりしたこともあったが、幸いに他の人を傷つけることもなく、また自身が怪我をすることもなく済んだ。そして年々少しずつスキーが上手くなって行くにつれて楽しさも増して行った。

　こうした毎年のスキー行きは国内にとどまらず、年末年始休暇を利用しての海外へのスキー旅行にもなった。初めての海外スキー旅行先はスイス国境に近いフランスのラ・プラーニュという新しい国設のスキー場だった。このスキー場は標高１４００～３０００メートルの高度差にスリバチ型に広がっていて、全部で60あまりのゲレンデがあり、沢山のスキーリフトでつながっている。当時の日本にはまだ成田空港は無く、羽田空港から南回りで出発した。飛行機はスカンジナビア航空の細長い真っ白な美しい機体だったが、羽田を発ってからは、マニラ、バンコク、カラチ、テヘラン、アテネ、ローマと次々に給油をし、チューリッヒ空港に到着した。そこでスイス航空に乗り換え、45分後にジュネーブ空港に着陸して飛行機による移動が終了した。その後、３時間半ほどバスに揺られ、遂に最終目的地のスキー場のラ・プラーニュに着いた。羽田を出てからの所要時間はトータル28時間という長い移動だった。

　現地の宿泊先はゲレンデの中にある自炊も可能なホテルで、すぐ近くにテレメトロというゴンドラ乗り場があって、実に便利だった。ホテルの外観はひと目でわかる独特なデザインだったが、入口と出口が別で非常にわかり難く、慣れるまで少し時間を要した。こうしたことは初めての経験で、これもある種のフランス流というか、フランス的な思考方法のひとつなのだろうと思った記憶がある。スキー場には腰掛け式の便利なTバーリフトが沢山あり、それを使って上の方まで上っては広大な斜面を斜滑降で存分に楽しんで滑り降りた。また山の向こうの麓のレストランまで行って帰って来る一日掛りのスキーツアーを楽しんだ。そのレストランではワインに始まるフランス料理を味わい、帰途はワインで火照った頬を冷気に当てながらリフトに乗って山を越え、少々ほろ酔いの状態ですっかり心地よい気持となってゆっくりと長い斜面を滑り降りたが、そのスキーツアーの素晴らしさ、楽しさは今も懐かしいスキーの思い出となっている。

海外へのスキーは、このフランスのラ・プラーニュ以外にカナダのバンフー、スイスのサン・モリッツ、グリンデルバルトであるが、ラ・プラーニュと並んで思い出すのはサン・モリッツへのスキー旅行である。サン・モリッツへの行き方は、飛行機でパリまで行き、その後パリ市内の鉄道の駅から夜行列車で移動するというものだった。旅行社の説明では、この列車は座席指定のコンパートメントへの乗車であると言う。それを聞いてひらめいたのは、あのジェームズ・ボンドの「007《ゼロゼロセブン》」の映画のシーンであり、期待に胸が膨らんでわくわくした。しかし、夜、実際に駅から指定の列車に乗り込んでみると、真ん中のスペースを挟んで左右に上下2段ベッドがある定員4名の狭いコンパートメントだった。少し冷静に考えてみれば至極当たり前のことだった。

翌朝、列車がサン・モリッツ駅に着くと、楽隊がにぎやかに音楽を奏でている。そして、駅舎の外には10メートルほどの長さの2列の人の縦列があり、両側からスキーのストックでアーチを作った通り道ができていた。私たちはその真ん中の道を驚きと感激で顔をくしゃくしゃにしながら通り抜けた。宿泊先のホテルは私たちと同じ旅行社のスキー客で貸し切りの状態だった。圧倒的に多いのがフランス人、次がドイツからやって来た人たちで日本人は私たちを含む12人だけだった。私たちは午前・午後各一回のスキー・スクールに参加したが、インストラクターの説明や指導は全てフランス語で意味がわからず困っていると、同じグループのドイツ人が親切にフランス語を英語に通訳してくれた。

そしてある夕食時、私たち日本人がレストランに行くと、どのテーブルもすでに多くの客でいっぱいだった。それでも見渡すと少し空いた席が見つかったので近づくと、坐っていた一人の老婦人が「ノン・ノン」と私たちが坐るのを拒絶する。すると老婦人の連れ合いのご主人が困惑して立ち上がり、私たちに盛んに謝る様子を見せる。そこで、男性に向かって「どこからいらっしゃったのですか」と英語で訊くと、「エクス・アン・プロバンスです」という返事が返って来た。それは明らかに私の大好きな画家のセザンヌの故郷だった。そこで私が「エクス・アン・プロバンスは、画家のセザンヌの故郷ですね」と言うと、男性は驚いた表情を見せ、すぐに先ほどの老婦人に「この人はセザンヌを知っている」と伝えた。それを聞いた彼女の態度は一変し、今度は私たちに向かって「早く坐りなさい」と盛んに促すのだった。考えてみると、31歳の時、一人の画家との出会いから油絵を始め、素人絵描きの一人として絵を描き、ゴッホやセザンヌやその他の諸々の画家の絵や人生を色々と追いかけたのだったが、それがこんなところで役に立つとは実に不思議だった。

1981年9月、初めて東信の旧北御牧村に足を踏み入れ、その美しい景色と風情に心を奪われてから毎年訪ねては大いに絵を描いた。そして2001年4月の下旬、思い切ってそこに移り住み、仕事の傍らで信州での生活を満喫した。綺麗な空気を吸い、美味しい水を飲み、春夏秋冬の遷り変わる美しい自然美を味わい、絵を描き、そして冬には菅平高原や湯の丸といった近くのスキー場に車を走らせてはスキーを堪能した。元旦には毎年スキー場でスキーの服装姿の写真を撮ることが恒例だった。しかし、一昨々年の3月、スキー暦50年以上の妻がスキーの初心者を避けようとしてゲレンデで転倒して左肩を骨折した。それ以降は、「今度骨折したら、寝た切りになりますよ」という医者のアドバイスに従い、遂にスキーを止めることとした。そして、昨年4月、丸7年間の信州での生活にピリオドを打ち、現在の住まいに転居した。それは「山から海へ」とでも言うような高齢期に入ってからの環境の大転換であったが、これまでの人生でスキーによって与えられた様々な思い出は心の中の大切な宝物となっている。

（2009年）

# 引っ越しの記

今は3月。来月は4月。「そうか、早いものだ。もう1年になるんだ」と気が付く。丸7年住んだ長野県から神奈川県の現住所に引っ越して来て、間もなく1年になろうとしているのである。世間が「21世紀の始まり」などと喧伝した8年前の4月に神奈川県から長野県へ引っ越し、去年4月に再び神奈川県に戻ったのだが、神奈川県と言っても前と今度では住所も住む家も違う。

長野県へ引っ越した時は、Iターンと言われたが、それがまたこちらへ帰って来た場合は何と言うのだろうか。形からすればVターンと言っても良さそうであるが、このVの字はVictory（＝勝利）の頭文字のVでもあるから、Vサインと勘違いされるようでおこがましい感じで気が引ける。

長野県はこちらに比べれば圧倒的に人口密度が少ない。また自然が豊富で美しい。空気や水の美味しさは都会の比ではない。夜空を見上げれば満天の星空で、頭の上いっぱいに星々が煌めく状況は驚きで表現しようがない有様である。朝、東の空が白み始めるとやがて木々の合間から真っ赤な太陽が姿を現し、ゆっくりと昇り出す。その日の出を見ていると、思わずごく自然に太陽に向かって合掌してしまう。

長野県では新築の2階建てのアメリカンハウスに住み、広い庭の片隅に小さな畠を作って、胡瓜やトマトや茄子やピーマンや春菊を栽培し、時には西瓜も育てる。そして、収穫時期を迎えると全てが一緒で喜ぶと同時に困惑する。そして、採れ過ぎた野菜は箱に詰めて宅配便で東京や神奈川に住んでいる知人に送る。粘土質の土壌で育った採れ立ての野菜は味が良く大層喜ばれる。また、9月、中秋の名月の頃には庭先のまだ穂が開いていないススキを刈り取り、長芋用の細長い空き箱に入れて都会の友人に送る。

冬はさすがに寒い。灯油の消費量も馬鹿にならず、さらに薪ストーヴも活用して暖を取る。夜のうちに雪が降り、朝、眼が覚めると辺り一面真っ白で、雪景色の美しさは格別だが、周囲の景色をデジカメで撮った後、家の前の道路の雪掻き作業に勤しむ。スキー場までは家から車で40分もあれば十分で、長野県に引っ越してから買い換えた四輪駆動の軽自動車の後部座席を倒して作った荷台にスキー道具一式を積み込んで日帰りのスキー旅行を楽しむ。ある時は、現地に着いてからストックを忘れたことに気が付いてトンボ帰りをしたこともあった。スキーを始めて40年以上になるが、こんな楽なスキー行きは初めてである。

初冬の浅間連山遠望

広々とした大地に時々イーゼルを立て、そこに10号、20号、30号といったサイズのキャンバスを置いて山々の景色を一気呵成に油絵で描く。それは、眼に見える山の姿をただ写実的に描く（写す）のでなくて、対象物と向かい合い、心の中で山々との対話を繰り返し、感じた印象をキャンバスに描きあげる作業であるが、煎じ詰めればその作業とは、自分自身を深く見つめ、自分が如何なる人間であるかを探すための行為であると言えるかも知れない。

こうして、長野県での思い出は話せばいつまでも尽きない位に沢山あるが、去年4月、そうした味わい深い長野県での生活にピリオドを打った。その理由をあらためて整理してみると次の通りとなる。ひとつは、私も妻も長野県に子供、兄弟姉妹、親類縁者がいる訳ではなく、先々どちらかが亡くなった場合には大勢に迷惑をかける、まして車を運転しなければ買い物にも病院にも行けない環境であるため、歳を取り過ぎないうちに兄弟姉妹、親類縁者が近くにいる都会へ戻った方が良いと考えたためである。

1981年の秋、長野県の現地へ初めて足を踏み入れたが、そこは当時、コンビニも交通信号もない人口5千名足らずの村だった。村の花は「山吹」、村の鳥は「雉」で、村の蝶である「オオムラサキ」がよく飛び交っている農村だった。自然が豊かで、遠くには山々の景色が見え、ひと目見るなりその雄大な風景に魅了された。そして、毎年のように休日を利用してその村を訪れ、よく絵を描いた。

今は近くに高速道路ができ、長野オリンピックのお蔭で新幹線も通った。そして外部環境の変化に合わせるように地域開発が進み、やがて平成の大合併の潮流の中で隣町と合併して市となった。その結果は、初めてこの村に足を踏み入れた当時の雰囲気が次第になくなり、村のシンボルであった「山吹」「雉」「オオムラサキ」もいつしか省みられなくなった。そうした状況の変化に対して以前の魅力ある村の雰囲気や景色が忘れられず、思い入れが強かった分だけ、味わう失望も大きくなった。結局、このことが前述の理由と相俟って長野県を去る決心をさせたのだった。こうして、一昨年の10月に移転を決意し、すぐに移転先を探す行動を開始した。

移転先を選ぶに当たっては、神奈川県に住んでいる義妹夫妻の家からあまり遠くない場所にあり、食料品等の日常品の買い物が容易にできるスーパーが近いような生活が便利な中古マンションに狙いを定めた。そして、長野県からインターネットを使ってそのような条件に合致する物件情報を探索した結果、適当な不動産業者が見つかり、以後、その業者から中古マンションの売り物件情報が次々と提供された。その都度、義妹夫妻に連絡し、実際に現地現物の事前調査を依頼したが、最終的には義妹夫妻のスクリーニングを通して残った5件の中古マンションを実際に私たち自身で見て確かめ、11月に現在の居住マンションを選定し、12月に購入契約を締結、翌年の4月下旬に長野県から引っ越して来た。

引っ越しに際して最も困ったことは、今までは広い2階建ての一軒家に住んでおり、それが今度はずっと狭い中古マンションへの移転だったため、収容能力がずっと少なくなって収めきれない物が沢山あり、思い切って整理する必要に迫られたことである。例えば、衣類、履物、書籍・書類の他、スキー道具、最近は全くやらなくなったゴルフ道具を含む多くの物が処分対象となった。

「引っ越し貧乏」とよく言われるが、全くその通りで、引っ越しをする度に必ず多くの物を捨てることになるが、これも生活上必要な一種のダウンサイジングである。先々のことを考えると、歳を取れば取るほど、たとえ個人的に思い入れの深い物であっても思い切って処分する覚悟が必要である。

「先に逝った方が勝ちだね」などと妻と冗談交じりに会話を交わすことがあるが、今度の引っ越しで多くの物を整理せざるを得なかった体験からすれば、この言葉は今後ますます真実味を帯びたものになるに違いない。幸いにして、長野県の家も無事に買主が決まって処分できたが、去年10月のアメリカ発の世界大不況の影響を免れることができたのは運が良かった。以前から「石橋は叩いて渡るのではなく、跳び越えるべきものである」と口癖のように言って来たが、その通りだった。時間が存分にある場合には冷静に心を落ち着けて熟考することは間違ってはいないだろうが、失敗やリスクを恐れるあまりに慎重にあれこれ考え過ぎるのは「百害あって一利なし」ともなる。

結局、行動しなければ何も変わらず、変わりようがないと常々考えているのだが、実際、2～3年あるいは3～4年遅かったら、加齢に伴う体力・気力の低下により思い切った行動を起こすことが叶わず、あのままずっと住み続けていたに違いない。果たして、引っ越したことと引っ越さなかったことのどちらが良い結果をもたらすかは不明だが、人生ではその時その時で最良と思う生き方を恐れずに選択するしかないのだろうと思っている。

去年の4月から住み始めたマンションの3階が新しい我が家である。南側に面してベランダがあり、外を見るとすぐそばに広い作業庭のある工務店が存在している。そのため、朝、ベランダに面した居間のカーテンを開けると、否応なしにその工務店の様子が眼に入る。土曜日も含め、朝7時ともなれば作業庭で仕事が始まる。そこにはトラック、複数の乗用車、シャベルカーの他、あちらこちらに機材・材料が色々置かれている。去年の秋口までは工務店の動きはいつも忙しそうに見えたのだが、10月も終わりの頃から様子が変わり、忙しさが消えた。工務店のこうした状況は、まさに現在の不況下にある日本経済の状況を現わしているように感じる。

最近は、この工務店の仕事の繁閑状況を眺め、忙しそうに仕事を始めている様子が見えると、思わず「頑張れ、頑張れ」と叫びたくなるが、こうした中小の会社には不況にめげずに是非とも頑張って欲しいと応援したい気持と同時に、もし倒産して売りに出され、せっかくの見晴らしの良い我が家の南側に高層マンションができたら困るなどと考えるのである。万一そうした事態となったら、せっかく今の所に落ち着いたのに再びどこか別の所を探して引っ越す羽目になりかねない。今年12月で結婚して43年になる。この間、東京から埼玉へ、埼玉から東京へ、東京から神奈川へ、神奈川から長野へ、そして神奈川へと合計5度の引っ越しをしたが、今はもう若い歳でもなくなったから、これから再び引っ越しをするとなると、それなりの体力と気力が不可欠である。

（2009年）

## 都会を離れて得たこと

２００４年9月8日に85歳で亡くなるまでの12年間、長野県の旧北佐久郡北御牧村（現東御市）八重原の勘六山の山房に住まわれた故水上勉氏の揮毫の写しである。

水上勉氏の揮毫（言葉）

氏との関係が深かった村のある方から頂戴し、額装して我が家の玄関に掛けた。実に堂々とした筆致で、『老いる日々は新しい朝夕の悦び』という言葉が書かれている。

21世紀の始まりの年から7年間、旧北御牧村に住み、本当に良い経験をさせていただいた自分はもともと千葉の田舎で生まれ育ち、18歳以降はずっと東京、あるいは東京近辺のいわゆる都会に住んだ。そのせいか、物事の見方が都会的に偏ったものになっていた。自分のそうした視線に気付いたのは、首都圏から離れた長野県の、それも人口5千人余の農業を基本とする村に移り住み、地方が東京のような大都会といかに異なるかを認識できたからである。

「よそ者」である私を村の人たちは温かく迎え入れてくれ、さまざまな地域活動やプロジェクトに参加できたが、お陰で都会だけに住んでいたのでは絶対にわからない色々なことを見聞し、学ぶことができた。また、市の教育委員にも任命され、学校教育が抱えている現状の諸問題を垣間見ることもできた。短い期間の地方での生活体験だったが、美しい風景、美しい星空、樹の間を吹き抜けて来る柔らかな風、美味しい水を味わい、草刈機、まき割り、雪かき、一坪農園での野菜の栽培を体験し、また、冬の晴天の日には車に道具一式を載せて30分ほど車を動かして近くのゲレンデまで行き、思う存分スキーを楽しむこともできた。

こうした地方ならではの生活を満喫すると同時に、例えばパソコンが故障しても、とにかく独力で問題解決、トラブルシューティングする他に方法がないという環境に我が身を置いたことは、「マニュアル等をじっくり読み込んで理解し、最後まで諦めず、じっくり冷静に考えて独力で問題を解決する」人間に自己改造することにつながった。以前なら、「電気」が大の苦手で、例えば秋葉原でテレビを購入し、業者の方が搬入・設置を終えて帰った後、「テレビがつかない」と大騒ぎをして電話をかけて再び来てもらったら、電源コードが抜けていただけだったという有様だった私がすっかり変わった。そんな私であっても、「やればできる」で、「とことん自分の力で障害を乗り越える、問題解決を行うことが求められる環境に自分を置くこと」、「慣れ親しんだ環境を変えてみること」がいかに人間の成長にとって重要なことであるかを実感することができた。

　長野県を離れても、北御牧の人たちとのコミュニケーションは続いている。水上勉氏の揮毫の写しをいただき、また先日は花栽培の農家の方から大きな箱いっぱいの花ナス、菊などの花をいただいた。そこですぐにF30号のキャンバスにその花を描き上げ、デジカメで撮った絵写真入りの礼状を作って郵送した。さらにこの間はまた別の人から、大いに夢を持って人生を生きて行きましょうという手紙付きの大きなサイズ（タテ51センチ《メートル》ヨコ72センチ《メートル》）のTen Years Calendarという私家版のカレンダーをいただいた。この２０１１年から２０２０年までの10年間のカレンダーの各年の右横には、My Life Planという記入スペースがあるが、そこには自分の年齢も記入しておこうと考えている。そこでの生活は都会と比べれば確かに色々と不便な点があるが、7年間の田舎での生活体験が人生に実に多くの素晴らしい宝を授けてくれたと心から感謝している。

（2010年1月1日）

## 磯江毅の絵に救われた

今月初旬、忙しくなる前に家から車で1時間半の箱根へ行って秋の風景を楽しみ、帰りに平塚市美術館に立ち寄って磯江毅展を終了前にもう一度観ておこうと日帰りで出発した。仙石原のススキは穂が開いて大勢の観光客でいっぱいだったものの、箱根の紅黄葉は始まりつつあるが、それが本格的になるのはもう少し後だとわかった。

昼食後、カーナビをセットして平塚市美術館へ向かって箱根を出発した。渋滞もなく、西湘バイパスを順調に走って大磯付近で一般道に下りた。大磯駅前を通り過ぎた頃から、カーナビの画面が急に揺れ出した。地震でも来たのかと思ったが、他の車の様子からそうでないことがすぐにわかったので、とにかく美術館に着いたらよく調べてみようと決めた。そのおよそ10分後、カーナビの指示通りに右折すると左が美術館であることがわかったが、入り口を通り過ぎ、Uターンするために少し先の広い道に左折して車を停めた。すると、すぐ傍に交通安全協会の建物があった。

車から降り、タイヤを見てみると、何と後輪右側のタイヤが裂け、空気が抜けている。そこで、交通安全協会の事務所の中に入り、近くにガソリン・スタンドがないだろうかと訊ねた。「どうしたんですか？」と聞き返され、パンクしたことを話すと、「とにかく車を見てみよう」と言ってワイシャツ姿の男性がふたり、車まで一緒に来てくれた。そして、「これは駄目だ」と言って、トランクルームの中から予備のタイヤと工具を取り出し、親切にタイヤ交換をしてくれたのだった。私は何度も御礼のお辞儀を繰り返したが、２人はただニコニコと笑顔を浮かべ、「気を付けて」と言って事務所へ戻って行った。

初めて経験するタイヤの「バースト」状態でそこまで無事に来られたこと自体が大変な幸運であった。もし、あのまま美術館に立ち寄らずに高速道路を走り続けていたら、恐らくその程度では済まなかっただろうと思うとぞっとした。直後、もちろん美術館に入り、磯江毅展をじっくり観ることが叶ったのだが、これは、まさに磯江毅という画家の絵のお蔭で命拾いできた出来事だった。

（２０１０年11月14日）

# 日本は何処へ？

日本は今、すっかり迷い道に入り込んでしまっている。テレビでは司馬遼太郎原作の「坂の上の雲」の第2部が始まったが、そこで描かれるドラマは１８６８年の明治維新から僅か30数年の出来事、現在から一世紀あまり前の話である。

当時の日本の人口は４４００万人弱で現在の人口の３分の1、17世紀から19世紀半ばまで２５０年ほど続いた江戸時代の後半時代の人口はおよそ３０００万人のフラットな状態であったが、明治維新以降爆発的な人口増加が始まり、ピークとなった平成16年（２００４年）には1億２８００万人近くまで上昇した。それが今では日本の人口は減少に転じ、２０３０年、２０５０年の推計人口はそれぞれ1億１８００万人、1億２０００万人となり、２１００年には中位推計で６４１８万人、低位推計では４６４５万人へと激変すると予想されている。また、日本は60歳以上の人口割合が29％で世界1位、また15歳以下の人口割合が13％で最下位という世界で最も子供の割合が低く高齢者の割合が高い国になっている。

たかだか１５０年ほど前、極東の小さな島国であった日本は先人の辛苦の果てに世界史に登場したのであるが、幸運にも日清日露戦争に勝利したことを本当の実力だと勘違いして過信し、そのために自分を見失って成算なき戦争への道をたどって敗戦の憂き目を見た。しかし、それでも辛抱強く勤勉である特徴を遺憾なく発揮して世界第2位の経済大国と言われるまで復興、発展したというのがつい最近までの日本の歩んだ道である。

しかし、冒頭に表現したように、日本は今、すっかり迷い道に入り込んでしまっている。与党野党を問わず、多くの政治家が示す軽薄で志の低い言動は国民の政治への不信・軽蔑感を倍加させた。また、マスメディア、特にテレビ業界は低俗な番組放映にうつつを抜かして自堕落なものとなった。そして老若男女を問わず、日本人の言動は礼節を失って粗雑なものになり、利己主義に走る姿が多く見られるようになった。

世界のグローバル化はこれからもますます否応無しに進む。そうした状況下で、日本は、日本人はこれから先、どこへ向かうべきなのだろうか。あくまでもこれまでの延長線上で行くのか、それとも、少子高齢の極東の小さな島国であるという事実を直視し、豊かではないが貧しくもない身の丈に合った道を志向すべきなのだろうか。そのいずれが良いかはわからないが、日本の20代、30代の若い人たちには、是非ともグローバル化の世界の中で十分に通用する確かなコミュニケーション能力を向上させ、同時に己の真の実力強化に向かってひるまず挑戦して行って欲しいと思う。

過去10数年、アジア諸国の若手世代の人たちを対象とした研修を毎年行い、彼らの積極的な向学心と新しいことへの挑戦意欲、そして今の日本ではなかなか見られないその眼の輝きをじかに見れば見るほどその思いはますます強くなる。数年前までは英語力が弱かったラオス、カンボジア、タイ、モンゴルなどからの研修生も今ではもうそうではなくなった。大いなる努力の跡が見られるのである。

これまで発展途上国と言われたアジアの国々が次々と進歩・進化を続けている中で、日本、日本人がバブル経済崩壊の後遺症である自信喪失、内向き志向症候群という精神の病気に罹ったまま、ぬるま湯の入った蛸壺の中に浸かり続けていることは許されないことだと心底から思っている。

（２０１０年12月15日）

## 言　葉

散歩をするようになってから気が付いたことがある。それは、冬になって餌が乏しくなった今、それまで家族単位毎で別々だったスズメが群れをつくり、集団で生活を営むようになっていることである。これは自然界ではスズメだけに限らないとは思うが、環境が厳しくなると、自然界の生き物たちはこのスズメに代表されるようにお互いに助け合い、協力し合う。それと比べると私たち人間はどうだろうか。それぞれが孤立し、時にはお互いにいがみ合い、足の引っ張り合いなどをするばかりで少しも助け合おうとしない姿がよく見られる。スズメがお互いに群れをつくり、助け合っている姿を見ると、思わず、「人間もスズメに学ぼう」と叫びたくなる。そんなスズメたちに触発されたのだろうか、色々な美しい言葉を思い出した。自分は敬虔な仏教徒でもクリスチャンでもないが、次の言葉の美しさは心に染み入る。

〈仏陀〉

生きとし生けるもののすべてが安楽で、平穏で、幸福でありますように。いかなる生命、生物でも、動物であれ、植物であれ、長いものも、大きなものも、中くらいのものも、短いものも、微細なものも、少し大きなものも、また今ここにいて目に見えるものも、見えないものも、遠くにいるものも、近くにいるものも、すでに生まれたものも、これから生まれるものも、一切の生きとし生けるものが幸福でありますように。

〈イエス・キリスト〉

それだから、あなたがたに言っておく。何を食べようか、何を飲もうかと、自分の命のことで思いわずらい、何を着ようかと自分のからだのことで思いわずらうな。命は食物にまさり、からだは着物にまさるではないか。空の鳥を見るがよい。まくことも、刈ることもせず、倉に取りいれることもしない。それだのに、あなたがたの天の父は彼らを養っていて下さる。あなたがたは彼らよりも、はるかにすぐれた者ではないか。あなたがたのうち、だれが思いわずらったからとて、自分の寿命をわずかでも延ばすことができようか。また、なぜ、着物のことで思いわずらうのか。野の花がどうして育っているか、考えて見るがよい。働きもせず、紡ぎもしない。しかし、あなたがたに言うが、栄華をきわめた時のソロモンでさえ、この花の一つほどにも着飾ってはいなかった。きょうは生えていて、あすは炉に投げ入れられる野の草でさえ、神はこのように装って下さるのなら、あなたがたに、それ以上よくしてくださらないはずがあろうか。ああ、信仰の薄い者たちよ。だから、何を食べようか、何を飲もうか、あるいは何を着ようかといって思いわずらうな。

〈宮澤賢治〉

雨ニモマケズ　風ニモマケズ
雪ニモ夏ノ暑サニモマケヌ

丈夫ナカラダヲモチ
慾ハナク決シテ瞋ラズ
イツモシズカニワラッテヰル
一日ニ玄米四合ト
味噌ト少シノ野菜ヲタベ
アラユルコトヲ
ジブンヲカンジョウニ入レズニ
ヨクミ　キキシ　ワカリ
ソシテ忘レズ
野原ノ松ノ林ノ蔭ノ
小サナ萱ブキノ小屋ニヰテ
東ニ病気ノコドモアレバ
行ッテ看病シテヤリ
西ニツカレタ母アレバ
行ッテソノ稲ノ束ヲ負ヒ
南ニ死ニソウナヒトアレバ

行ッテコハガラクテモイ、トイヒ
北ニケンクヮヤソショウガアレバ
ツマラナイカラヤメロトイヒ
ヒデリノトキハ　ナミダヲナガシ
サムサノナツハ　オロオロアルキ
ミンナニデクノボートヨバレ
ホメラレモセズ　クニモサレズ
ソウイウモノニ　ワタシハナリタイ

**〈野口シカ〉**

そして四つ目は、野口英世の母シカの手紙文である。シカは学問もなく、字が書けなかったが、息子に一目会いたさに、囲炉裏の灰に指で字を書く練習をしながら、この手紙を書いたそうである。ずっと昔の冬、猪苗代スキー場に行った際、あいにく雪が少なく、それでは、と皆で行った猪苗代湖畔の野口英世記念館でこの手紙の直筆を目にした記憶がある。

おまイの。しせにわ。みなたまけました。

わたくしもよろこんでをりまする。
なかたのかんのんさまに。
さまにねん。よこもりを。いたしました。
べん京なぼでも。きりかない。いぼし。
ほわこまりをりますか
おまいか。きたならば。もしわけかてきましよ。
はるになるト。みなほかいドに。いてしまいます。
わたしも。こころぼそくありまする。
ドかはやく。きてくだされ。
かねを。もろた。コトたれにこきかせません。
それをきかせるトみなのれて。しまいます。
はやくきてくだされ。はやくきてくだされ
はやくきてくだされ。はやくきてくだされ。
いしよのたのみて。ありまする。
にしさむいてわ。おかみ。
ひかしさむいてわおかみ。しております。

きたさむいてわおかみおります。
みなみたむいてわおかんておりまする。
ついたちにわしおたちをしております。
ゐ少さまに。ついたちにわおかんてもろておりまする。
なにおわすれても。これわすれません。
さしんおみるト。いただいておりまする。
はやくきてくたされ。いつくるトおせてくたされ。
これのへんちちまちてをりまする。ねてもねむれません。

（この全文の訳は次の通りである）
お前の出世にはみんな驚きました。私も喜んでおります。
中田の観音様に毎年、夜篭りをいたしました。
勉強をいくらしてもきりがありません。
烏帽子という村からのお金の催促には困ってしまいます。
お前が戻ってきたら申し訳ができましょう。
春になるとみんな北海道に行ってしまいます。

私も心細くなります。
どうか早く帰ってきて下さい。
お金を送ってもらったことは誰にも聞かせません。
それを聞かせると、みんな呑まれてしまいます。
早く帰って来て下さい。
早く帰って来て下さい。
早く帰って来て下さい。
早く帰って来て下さい。
西に向いては拝み、東に向いては拝んでおります。
北に向いては拝んでおります。
南に向いては拝んでおります。
ついたちには塩断ちをしております。
栄昌様（＝修験道の僧侶の名前）に
ついたちには拝んでもらっています。
写真を見ると拝んでいます。
早く帰って来て下さい。いつ帰れるか教えて下さい。

この返事を待っています。寝ても眠れません。

（２０１１年１月１日）

## 散歩ノート

昨年12月初旬、車で15分ほど行ったところの公園を格好の散歩場所に選んでから2ヶ月あまり、天気が良くなった今日の日曜日、久し振りにじっくりゆっくりの散策を楽しんだ。公園の真ん中に川が流れていて、目にした鳥の種類は、ユリカモメ、カルガモ、コサギ、アオサギ、カワウ、ハクセキレイ、シジュウカラ、アオジ、モズ、キジバト、トビ、ハシブトカラス、スズメ等々色々である。散歩の途中、色々な人と行き交うが、多くの人が脇目も振らず前方を見つめて、腕を思い切り振るウオーキングスタイルである。せめて挨拶くらいしなければと会釈したり、挨拶の言葉を発してみるが、反応はほとんどない。こうした一心不乱のウオーキングの姿はあるいは日本だけのことかも知れない。

前に訪ねたウイーンやニースの公園では、午後4時ともなると、身なりを整え、化粧もきちんとした老婦人がハンドバッグを手にして現われ、知り合いの人たちとの会話を楽しむ姿を目にした。またホテルのエレベーターなどでは、乗り合わせた見知らぬ人がニコッとしながら挨拶して来ることがよくある。その辺り、日本人は大の苦手で、エレベーターの中でじっと俯く、あるいは苦虫をかんでいるような顔をして上の方を見つめてしまいがち、中には顔を合わせるのが嫌で、壁の方を向いてしまう人もいる。

私自身は、見知らぬ人であってもできるだけ挨拶し、何をされているのか知りたい時などには尋ねてみる。イーゼルにキャンバスを置いて油絵を描いている人、サックスを吹いた後に念入りに楽器を手入れしている人、鳥の餌にするのだといって小さな虫の孔が開いている葦の茎を探して採っている人、さえずるシジュウカラの姿をビデオで撮影しようとしている人、手づくりの紙ヒコーキを上手に輪ゴムで飛ばすことに興じている人、あるいは小山のてっぺんに座ってスケッチブックに鉛筆で遠くの風景を写生している少女などに、声をかけてみたお陰で為になるコミュニケーションが成立する経験をしたが、皆、「認める」言葉をかければ素直にそれを喜び、心を開いてくれるようである。

今の日本社会は、間違いなく「人と人のつながり」が薄くなっている。組織内の上司と部下の関係や同僚との関係も人間的な温みが消失、隣近所の人間関係も血肉を分けた家族関係でさえも今は冷ややかさが増しているようである。若者たちは相手と面と向かい合うことを怖がり、ネットのみで交信する世界に逃げ込む。その結果は、多くの人が一人ぼっちの孤独感を味わう無縁社会を生み出すに到った。

どうしてこのようなことになったのか、それにはさまざまな原因・理由があるだろうが、日本の住居環境を眺めると、いわゆるマンションがどこにもかしこにも驚くほど多量に存在している。昔、団地が生まれた時は生活の便利さがその最大のセールスポイントだったが、次にマンションの時代が来ると、鍵一本でOKという生活の便利さにも増して、マンションに住めば、必要以上に他人と顔を合わせずに済み、己のプライベートな世界が干渉されないという自己優先の考え方が強まったのではないか。プライベート価値優先のマンション生活の増大が、あるいは今の日本社会に見られる自分以外の人・物への無関心、冷淡さを蔓延させるのに大きな影響を及ぼしたのではないかと思う。

（2011年2月15日）

## 3月11日（金曜日）午後2時46分

その日は、月に一度の病院通いの日。午後2時半過ぎ、いつも通りの簡単な血圧測定と問診、それと4～5日前から始まった花粉症用の飲み薬と目薬の処方をお願いする診察が終了し、待合室の長椅子に座って会計待ちをしていたその時、体が少し揺れ出すのを感じた。やがて建物自体が大きく揺れ始めた。揺れはなかなか収まらない。

こんな大きな地震は初めて。ニュージーランド地震のことが脳裏に浮かんだせいか、私も含めて皆、早足で病院の外へ。再び院内に戻ると、眼前の吊るしテレビが2時46分に巨大地震が発生したことを伝えている。会計を済まし、処方箋をもらって隣の薬局に入ると、すぐにまた比較的大きな余震が来る。車で我が家へ帰る先々の道路の両際の建物の外には多くの人が。そして自宅近くのイトーヨーカドーの広い駐車場を見やると、店内から外へ避難して来たらしい沢山のお客の姿が見える。数名の警備員の姿も。我が家はマンションの3階だが、エレベーターは止まっている。家に入ると、壁の多くの額縁が傾きはしているが全て落下なし。落ちたのは、野の花の絵が描かれた、昔、ワイフが埼玉のプロの陶芸家から8千円で買い求めた少し重い感じのする徳利がひとつ。陶器だが底の方から落ちたせいだろう、1メートル半の高さから落ちても割れなかった。そして夕方6時、巨大地震発生のニュースが海外にも伝わったと思われ、昨年行った研修の受講者の一人であるモンゴルの女性マネージャー、さらに、長年の友人である中国の男性から無事を確かめる電話が入った。

テレビはすべて地震の報道一色。画面を通じて痛ましい甚大な被害の状況が刻々と伝えられる。この地震発生の前まで無反省に続けられて来た空虚なテレビコマーシャルも馬鹿げたバラエティ番組も一切ない。当然と言えば当然であるが、ソウルオリンピックの最中に昭和天皇が崩御され、騒がしいお笑い番組やバラエティ番組の放映自粛が行われた当時のテレビのことを思い出す。このままずっと、質の低い、「百害あって一利なし」の厚かましいコマーシャルやバラエティ番組の放映が一切姿を消してくれれば、今後の日本のためにもどんなに良いことだろうかと期待するが、またぞろすぐに復活してしまうのだろう。大変に残念なのだが、結局そうなるのだろう。

今度の大津波を伴った巨大地震の被害は甚大である。テレビの画面を見ているだけでも、いかに大きな被害を受けたかがわかる。新聞に掲載された写真はこれまでの写真展で見たいかなる写真よりも胸を打つ。被災地の人たちの胸中を思うと切なくなる一方だが被災された人たちが蒙った塗炭の苦しみを考えれば、少しばかり嫌なことや苦しいことがあっても、嘆いてばかりは行かないと思う。

先の戦争が終わった後、焦土と化した荒廃の中から復興を遂げた歴史に倣い、こうした最悪の災害にめげず、被災地の人々が再復興に向かって逞しく立ち上がって下さることを祈りたい。また日本国民が皆でそれを支援することを期待したい。また、この大災害が、「災い転じて福となす」で、いつも重箱の隅を突っつくようなあら捜しと目先の選挙を目当てとしたパフォーマンスにうつつを抜かし、レベルの低い政治ごっこに明け暮れるだけの多くの政治家（政治屋？）が我が身の心の堕落を恥じ、「政治家とは、何を考え、何を、どうすべきか。そして、自分の果たすべき使命、役割とは何なのか」をしっかりと考える機会となってくれることを心から祈りたい。

（２０１１年３月15日）

## 「引きこもり」と「タコツボ化」

３月に入ってから雪が降り、真冬のような寒さが訪れたが、その翌日は打って変わって青空になった。その青空の下での散策をしばし楽しんだ時、自然界では木々の芽吹きが一挙に始まったが、それは明らかに盆栽の世界で言われる「実生《みしょう》」と同じであることに気が付いた。「実生」とは、種子から発芽させて樹木を育てるために、冷蔵庫に種子を保存して土中に埋める前に一昼夜氷水に漬け置きする方法である。こうすると、種子は真冬の寒さを過ごしたと勘違いし、芽出し力がずっと強まる。

人間の成長もそれと同じで、何かをしようとして失敗や挫折を味わい、そこから這い上がるところから真の人間の成長が始まる。逆に人生で一度も壁や障害にぶつかった経験がなく、いつも思い通りに事が運ぶ幸運な人生を歩んでいると、かえって視野狭窄で人間の気持に疎い自己本位の性格が形成されてしまう可能性が高い。

「艱難辛苦、汝を玉にす」

「鉄は熱いうちに打て」

「可愛い子には旅をさせよ」

「獅子は我が子を千尋の谷に突き落とす」

などといった諺は皆、実生と同じ意味合いだろうと思うが、若い頃にやっていた陸上競技の走り幅跳び、走り高跳び、三段跳びのようなジャンプ競技を思い出しても、ジャンプに入る前は助走があり、必ず少し身をかがめるようにしてから勢いよくジャンプに入る。こうしたことはすべてに共通する極意であるように思う。

「さまざまな要因によって社会的な参加の場面が狭まり、就労や就学などの自宅以外での生活の場が長期にわたって失われている状態」（厚生労働省／国立精神・神経センター精神保健研究所社会復帰部による）を「引きこもり」と言うが、NHK福祉ネットワークによると、我が国の引きこもりの人数は2005年度で160万人以上、稀に外出する程度のケースまで含めると300万人以上だと言う。しかも、男性がその6～8割と多く、平均年齢は30歳を越え、40歳代も2割近いという調査結果もあるが、インターネットの普及に伴い、他人との交流手段をインターネットに過度依存するインターネット依存症に陥る危険性も高い。

なお、引きこもりになったきっかけの調査結果（内閣府調べ、複数回答）は次の通りであるが、この「引きこもり」の増加は軽視できない重大な社会問題である。

・職場になじめなかった　23・7％
・病気　23・7％
・就職活動がうまくいかなかった　20・3％
・不登校（小学校、中学校、高校）　11・9％
・人間関係がうまくいかなかった　11・9％
・大学になじめなかった　6・8％
・受験に失敗した（高校、大学）　1・7％

また、自分や狭い自分の周りの世界あるいは自分が属する組織の中で、自分と価値観が似ている人たちといつも一緒にいて、他の人たちと関わろうとせず、社会全体や組織全体のことに考えが及ばなくなる現象を「タコツボ化」と呼ぶが、タコツボの中は確かに住み易いのかも知れないが、それによる弊害は長期的には組織の解体に結びつく。タコツボ化が進んだ組織では当事者意識が希薄になり、トラブルが起きるとお互いに責任を擦り付け、相互信頼感はますます低下する。その結果は、人間関係が冷え切り、見せかけでない本当のコミュニケーションができずに、うつ病などの精神の病に罹る人が続発する。

「引きこもり」と「タコツボ化」は決して別個のものではなく、異文化や自分たちと異なる価値観に背を向け、「外の世界は非常に危険であるから、家の中に閉じこもっている方が安全だ」と考える点で近親関係にあると思う。引きこもりの若者の多くは、両親との間で本当の気持を伝え合うことがない家庭に育っていることが多いと言われる。日本は、これまで長い間にわたり、引きこもりの子供の部屋の前に親が食事をそっと置くように、アメリカの庇護の下で過保護に生きてきたが、最近は日本人が自信を失くし、何をすべきか戸惑って右往左往している中で少子高齢化が進み、国の財政状態も深刻さを増す状況にあるが、金子みすゞの「私と小鳥と鈴と」という詩に倣い、個人の意欲、体験に裏打ちされた本当の個性を見出し、その独自性を認め合い、勇気を持ってタコツボの外へと大きく一歩踏み出す時期が近づいているかも知れないと思う。

私が両手をひろげても　お空はちっとも飛べないが

飛べる小鳥はわたしのように　地面を速く走れない
私が体をゆすっても　きれいな音はでないけど
あの鳴る鈴は私のように　たくさんな唄は知らないよ
鈴と小鳥とそれから私　みんなちがってみんないい

（２０１１年３月15日）

## 再び、ある日の散歩ノート

昨年12月初めから、車で15分の公園まで時々出かけ、小一時間あまりの散歩を始めた頃は、歩行している道沿いに20個はあった「蟷螂《かまきり》の卵」が、最近は6個ほどに減ってしまっているのに気が付いた。卵はまだどれも孵ってはいないし、よくその近くにムクドリが群れをなして餌取りをしていたから、あるいはそれに見つかって食べられてしまったのだろうか。その生存率は6／20＝30％となる訳だが、自然界でその生命をつないで行くことは、この蟷螂の例のみならず恐らく多くの生き物にとって大変な難事業に違いないと思う。

ついこの間、池で見つけた鎖状のカエルの卵も数日後にはすっかり消えてしまっていた。池には時々真っ白なコサギがやって来ていて、立ち止まってしばらく観察していると、水の中に口ばしを突っ込んでは小魚らしいものをくわえるシーンを何度か眼にした。しかも、この痩せこけたコサギはただ水の中をじっと見つめているだけではなく、時々池中を脚で掻き動かしては前に進んで行く。まだカエルの卵は孵っていない筈だから、皆、このコサギに食べられてしまったのだろうと推測している。

春の訪れと共にミズスマシが数匹、水面を素早く動き回るようになり、亀も姿を見せた。先日は釣竿を持った子供たちに出会ったが、傍に置かれた水の入った小さなバケツの中を見ると、ザリガニが1匹と2匹の小さなメダカがいる。子供たちが手にしている釣竿のテグスの先には、蜂の子にしては長すぎる白っぽい餌が付いていて、子供たちはそれで池の中にいる大きな鯉を釣り上げようとしている。その傍で子供たちのお父さんが仕掛けを作っているのだが、餌にしているのは、何とビールのつまみになる「サキイカ」だった。この、サキイカで鯉を釣り上げようというアイデアは何とも言えず面白かった。

私自身は海、川、野山に恵まれた田舎の生まれ育ちだから、子供の頃からフナ釣りやハゼ釣りにはよく行った。初夏になると、よく堰と呼ばれる溜池にフナ釣りに出掛けたが、餌はザリガニの身だった。この餌となるザリガニを獲るためにカエルを捕まえ、今思えば残酷なのだが、その皮をすっぽり剥がしたカエルの脚をひもで縛り、ザリガニを獲った。

当時、遊びは全て戸外に決まっていて、春先は野原に喧嘩グモの一種であるハエトリグモを探しに行く。初夏になればフナ釣りやハゼ釣り、そして夏になればトンボを捕ったり海で泳いだりする。学校帰りには級友たちと一緒に海に立ち寄り、パンツ一枚になって泳ぐ。秋には孟宗竹で手作りのスキーを作り、滑走面に軽油を塗って海岸の砂浜でのサンドスキーを楽しむ。また草野球を楽しんだ。冬になればいろいろな集団遊びがあって夕方暗くなるまで遊び呆けてよく親に叱られたが、冬休みの特別な楽しみと言えば、メジロ捕りだった。と言っても、鳥モチを使う方法ではない。樫の木だったのかそれとも他の木だったのか覚えていないが、冬になると幹の根から蜜が出ている木があった。先ずその木を見つけ、次にメジロがその蜜を吸いに来ている証拠の白い糞の有無を確かめる。それがあればその蜜を吸いに来るメジロを捕るため、木、地弦、竹、魚網などを使って手づくりした「ボッカブセ」という道具を蜜の前に仕掛ける。そして、朝、昼、夕と毎日3回、元日も休みなくメジロが掛かっているかどうかワクワクしながら確かめに行った。

以上、すっかり子供の頃の思い出話になってしまったが、たかだか小一時間あまり散歩するだけで色々なものに出会い、さまざまなことが思い出される。

（2011年4月15日）

## 日本の秋の風景

本格的な秋の訪れである。日本の秋の風景は美しく、心に沁みる。秋の紅・黄葉は日本の専売特許ではなく欧米にもあるが、日本の紅・黄葉が一番ではないかと思う。欧米のそれは確かに鮮やかで絵葉書のように美しいのだが、内面的な奥ゆかしさやしっとり感に乏しい、化粧とプチ整形が目立つ画一的な美人顔のように感じてしまうことが少なくない。この違いを生み出しているものは何かと考えると、結局は湿度の違いによるのだろうと思う。欧米の大気は基本的に湿気が少なく、カラッとしている。セザンヌが描いた絵に見られる空は日本の私たちがよく見ている空とは明らかに違うが、何故なのか、その理由を確かめてみようと6年前、実際に南仏に行き、セザンヌがイーゼルを立てて絵を描いたポイントを訪ねたが、南仏の空は日本の空とは違ってカラッとした明晰さで、それだからこそセザンヌは無理に誇張や作りごとをしないで自然をじっと観察するだけであのような絵を描くことができたのだと分かった。

佐伯祐三の伝記を読み、実際に彼が描いたパリ風景の絵と日本に一時帰国した時に描いた日本の風景の絵を比べてみるとパリ風景の絵と日本の風景の絵とは明らかに雰囲気が異なり、すっかりパリの風景に慣れてしまった佐伯が、眼に映る風景そのものも大気の雰囲気も全く異質な日本の風景を描くのに苦労している様子が見てとれる。日本の風景は湿度を含んだ空気のせいで、あちらのようなすっきりとした明晰なものではなく、どこかはっきりしない、曖昧な感じであるから、なかなか思うように描けなくて困ったのではないかと想像する。結局佐伯は2度目の渡仏をし、再び故国へ帰ることなくかの地で短い生涯を終えたが、それも仕方のないことであったのだろうと思う。

秋が深まり、紅・黄葉が一段と進んだ日本の美しい自然の風景の中に佇むと、しみじみとした幸福感を味わい、また自然と人が恋しくなるが、それが日本の風景の持つ独特な味わいだと思う。そうした自然環境があればこそ、我が国独特の茶道、華道、盆栽などが生まれ育まれたのだと思う。またご存知のようにこうした自然環境の中から古来多くのすぐれた歌人、俳人が輩出し、心に残る和歌や俳句を詠んでくれているが、時にはそうしたものを口ずさむ心のゆとり、豊かさを失わないでいたいものである。

何はともあれ、この季節でなければ味わえない日本の秋の風景の美しさを心行くまで堪能すると、そこからまた新しい生きる力が湧いて来るように思う。

（2011年11月1日）

## ある中国人留学生との出会い

人との出会いは不思議なものである。ひとりの中国人の友人との出会いも一つの小さなことがきっかけで生まれた。それは17年前のちょうど今頃、駅からの帰り道に我が家の近くの某大学の学園祭にワイフと一緒に立ち寄った時のことである。「ジャム、おいしいですよ」との声に惹かれてジャムの売り場に立ち寄ると、ブルーベリー、キュウイなどのジャムをのせたクラッカーが差し出された。早速それを味わったが、ふたりの女子学生とひとりの男子学生が売り子をしていて、

「おいしいけれど、一つ500円は高い。他ではビンに入れて300円だった」

「でもおいしいですよ」

「売上金はどうするの？」

「研究費に使います」

などとその男子学生とやり取りしたが、売上金は飲み食いに使わずに研究費に使うのだという彼の回答が気に入り、早速千円支払ってそのジャムを2個買ったが、彼の話し言葉のアクセントが普通の日本人のそれとは少し違うので、「お国はどちら?」とワイフが訊ねると、「中国です」という返事がかえって来た。そして、その後しばらく色々と話をしたついでに、「我が家は学校のすぐ裏だから」と我が家についても紹介した。

巷では当時、観光等で中国に行った日本人が現地で中国人に騙されたという話がよく伝えられていた。また日本では、面識のない人とはあまり話さない、住所なども簡単には教えないというのがごく普通であるが、相手がどんな人間かどうか、邪《よこしま》なところがある人間かどうかは、その顔つきや目つき、話すときの眼の動きなどを見ていれば直感できるもので、運も良かったのだとは思うが、出会った時からこの中国人留学生は信頼できる人物だった。

これが彼との交流の始まりだった。そのひと月後、グレーに黒の模様のあるハイネックのセーターの上に紺のダブルのブレザーを着込んだ彼が両手でイチゴが4パックも入った大きな箱を持って我が家の玄関に現れた。「何も持たずに、と言ったのに」と言うと、「それはおふたりの気持ち、これは私の気持ちです」などと言う。

この時、彼は大学の農学部の3年生で年齢は24歳、聞けば19歳でひとりで日本にやって来て、大学に入学できるレベルの日本語を日本語学校で2年間学び、その傍ら、2~3ヶ所、定時後の会社の事務室の掃除のアルバイトなどもしたそうだが、当時の日本はバブル経済の絶頂期にあって有頂天の最中で、「ジャパン・アズ・ナンバーワン」などとおだてられ、少しのぼせ上がっていたためであろうか、中国出身であると言うだけで下に見て、何も落ち度がないのに、突然「明日から来ないでいい」などと経営者から言われたこともあったらしい。

出会った翌年には中国からの国費留学生となり、その後大学院に進み、卒業後、ソニー系の会社に3年間勤務した後に中国に帰国した。帰国後、一時は日本系の会社に勤めたこともあったが、今は株式や為替の売買についての非常にすぐれた才能を生かした仕事を行っている。

我が家にやって来た時、絵筆を持たせると、油絵は初めてなのに見事な絵を仕上げた。また書道の筆を持たせると、漢詩を堂々とした文字でスラスラと書き上げたのにはびっくりした。これは、まさに長い歴史を有する中国らしい伝統だと思った。その後、2001年に私たちが神奈川県から長野県に引っ越した後も、2002年、2007年と2度も中国から来宅したが、先日の神奈川への来宅は4年振りの再会だった。

付記しておきたいのは２００４年の中国への旅である。当時彼は広州市内に住んでおり、日本でお世話になったお礼をしたい、ついては成田～広州の往復の航空費用だけは自己負担とし、あとはすべて自分の方で面倒を見たいと言う。そこで、往復の飛行機を予約し、ワイフを連れての初めての一週間の中国への旅を行った。その出発前、「国賓並みの待遇よ」とワイフが冗談に言った。そして実際に現地に着いてみると、宿泊先のホテルは日本人観光客が通常泊まるのとは全く違う豪華なホテルであり、行く先々で出される食事も豪華そのもの、また桂林まで広州から飛行機で行ったが、桂林に着くと彼と私たちのために通訳付きの小型バスが手配されていたのには驚いた。恐らく、中国からひとりで日本にやって来てから、気楽に相談したり、自分の話を聴いてもらえる日本人が少なく、孤独感を味わっていた時に、何気なく知り合った私たちの言動が彼の心の琴線に触れ、このような豪華で鄭重なもてなしとなったのだとは思うが、広州空港から帰国する時、寂しそうな顔をする彼に、「疲れなかったかい？」と訊くと、「体は疲れていないけれど、頭が疲れた」という返事が戻ってきた。

その彼も、今年で41歳、頭髪もすっかり薄くなり少し太ったが、昔映像で見た故周恩来中国首相の若い頃の風貌を思わせる眼差しは今も健在である。箱根に一泊旅行した時、「厄年だから、健康その他に異変が起きないよう気を付けた方がいい。自分は厄年の大晦日に長野のスキー場の帰りの凍った坂道で運転していた車が滑って道から外に飛び出し、幸いにその先に新旧2本あった電柱の支柱線に車の前部が上手く引っかかり、数十メートルある谷底に落ちなくて命が助かったことがあるよ」などと助言した。彼は非常に素直な人物で、ずっと昔、我が家を訪れた時に脱いだ履物は必ず出船スタイルに整えておかなくてはならないなどとよく小うるさく注意をしたが、今でもそうした私の注意をきちんと守っている。夜、箱根のホテルで色々と話をした際、彼の口から、自分がいた当時の日本と今度やって来て見た日本の様子を見比べると、日本人の所作が少しだらしなくなったように感じる、また顔つきに明るさや笑顔がずっと少なくなっているように感じるという感想を述べたが、これは今の日本の問題点についての重要な指摘のひとつであると思う。貿易事業等を手広くやっていた彼の実母は今も健在であるが、彼は私のワイフのことを「お母さん」と呼ぶ。一方、彼の父親は軍人で彼の高校時代に亡くなったようだが、大変厳格で殴られることもよくあったらしい。その怖かったことを思い出すせいだろうか、決して私のことを「お父さん」とは呼ばずに「建さん」と呼んでいる。

（2011年11月15日）

# セザンヌに学ぶ

セザンヌとは、もちろん近代絵画の父と言われる後期印象派のあのフランスの画家である。今ここで述べたいことはこの大画家が描いた数々の絵の素晴らしさについてではなく、彼の絵の描き方から学ぶ物事の考え方、進め方についてである。

後期印象派の画家とされるセザンヌ、ゴッホ、ゴーギャンの3名の画家それぞれは、個性も性格も描いた絵の雰囲気も大いに違うが、中でもセザンヌの絵の描き方は他の二人とは大きく異なっている。1913年生まれで現在98歳のすぐれた音楽評論家、随筆家として高名な吉田秀和氏は美術についても慧眼の持ち主であるが、その著書『セザンヌは何を描いたか』（白水社刊）の中で、「セザンヌの考えでは、絵を描くとは、すでに存在している目の前の画布のなかに、女とか木とかリンゴとか山とかいった個々の形姿を描きこんでいく仕事をさすのではない。その画布――つまり一定の枠の中の一つの限られた大きさをもった平面を色と形とでもって、一つの全体として意味をもった領域に転換してゆく作業をさす」と指摘している。

絵を描く場合、普通は先ず全体の形をデッサンし、次は部分を一つひとつ彩色しながら仕上げて行く。昔の学校の美術で習った絵の描き方を思い出すと、絵を描く時は、ちょうど塗り絵のように最初に線で輪郭を描き、次に部分ごとに着色して行くと教わったが、画集等でセザンヌの絵を注意深く見て行くと、その描き方は全く違う。彼の描き方は、画布の中の部分ごとに描いて行くのでなく、画布全体のあちこちに筆を運び、着色して行く。そして、一大建造物として絵全体が次第々々に出来上がって行く方法だったことが見て取れる。この最終的に到達しようとしている絵姿をしっかりと保持しながら、そのプロセスではフォルムと色彩のバランスを考えてそれぞれの部分と要素を同時並行的に描き進めて行くセザンヌの方法は、日本人がともすると最終目的、最終目標、到達ビジョンを持たず、ある小さな部分や狭い専門領域にこだわり過ぎるあまり、結局は「木を見て森を見ず」になってしまう悪弊を打破するのに役立つ物事の考え方、進め方を示唆してくれているように思う。

絵のことになるとどうしてもその絵が良いとかそうでないとか評価して終わってしまう鑑賞レベルに留まってしまうが、それを飛び越えて少し見方を変えてみると、このセザンヌの絵で発見できるような一般社会にも適用可能なヒントや原則を発見できることがある。既成の絵の見方の世界から時には抜け出して、新しい絵の見方をしてみることがもっとあっても良いように思うが、如何だろうか。

(2012年3月15日)

# 老人の日、そして敬老の日

カレンダーを見ると、9月15日は普通の土曜日、そして17日（月曜日）は「敬老の日」となっている。「敬老の日」と言えば9月15日であると思っていたのだが、それは間違いだと気が付いた。確かに昔はそうだったのだが、今は違う。２００１年（平成13年）に9月の第三月曜日が祝日の「敬老の日」、元々の9月15日は祝日でない「老人の日」とすると定められたのだった。

こうして、現在は祝日の「敬老の日」と祝日でない「老人の日」のふたつが存在している。さて、高齢者とは65歳以上を指しているが、それでは、「年をとった人」とか「年寄り」を意味する老人とは何歳以上の人を指しているのだろうか。老人福祉法でも老人の定義はない。しかし、具体的な施策の対象者という視点からすると、やはり老人とは原則として65歳以上の人を指すと考えられる。

しかし、果して現在のように元気な高齢者が多く存在している状況でも65歳以上を一律に老人とか高齢者と見なすやり方は、ある年齢を基準とする一律定年制と同様、少しばかり異論を口挟みたいところではあるが、それはさて置いて、現在、次のように年齢ごとに長寿を祝う色々な名称が設定されている。

数え年61歳＝還暦
数え年70歳＝古稀
数え年77歳＝喜寿
数え年80歳＝傘寿
数え年88歳＝米寿
数え年90歳＝卒寿
数え年99歳＝白寿
数え年100歳＝紀寿

右の年齢はいずれも満年齢でなくて数え年齢になっているが、現在は年齢を数え年で言う慣習がほとんどなく、満60歳を還暦とし、満70歳は古稀、満77歳は喜寿、以下は順繰りに「数え」を「満」にすることが普通になっている。そして、紀寿を除いて次のような言葉もあるので記しておく。

・60歳で御迎えが来た時は、只今留守だと言え
・70歳で御迎えが来た時は、まだまだ早いと言え
・77歳で御迎えが来た時は、老楽はこれからだと言え
・80歳で御迎えが来た時は、まだまだお役に立つと言え

・90歳で御迎えが来た時は、そう急ぐなと言え
・99歳で御迎えが来た時は、頃をみてぽつぽつ行くと言え

ジョージア・オキーフ

さて、風景、花、動物の骨だけをテーマとして描き続け、98歳で亡くなった20世紀のアメリカを代表する女流画家ジョージア・オキーフの90歳の時の顔写真をずっと昔、東京のどこかの美術館で開催されたジョージア・オキーフ展で見たことがあるが、写真のオキーフの顔を見てお分かりになる通り、その顔には多くの皺が刻まれている。

それは人生の風雪を潜り抜けて生きてきたことを証明している実に見事な風貌である。世間では今、老若を問わず美顔づくりのためのエステや化粧の施しが大流行しているようだが、そればかりに夢中にならずに心の中身の一層の向上も忘れずにケアして欲しいと思う。

（２０１２年9月18日）

## ひと言

「あのひと言があって励まされ、人生が変わった」との話を耳にすることがあるが、人が発するひと言にはそれだけ大切な重みがあるということである。「ひと言」には俄然やる気が出る「ひと言」もあれば、すっかり気落ちさせられる、あるいは怒りを感じてしまう「ひと言」があり、言葉は非常に大切であると思う。どなたの言葉であるかは知らないが、信州に住んでいた当時、小学校の教室の壁に、

言葉には　香りがある　味がある　重みがある
また　言葉には　陰がある　とげがある
時として　言葉は　人を喜ばせ　怒らせ　悲しませる
結局　言葉は　生きものである

人の気持ちを　変えてしまうほどの力がある
やっぱり　言葉づかいは　心づかいである

と書かれた紙が貼られていて、即座にメモしたことがあるが、「たったのひと言」であっても「されどひと言」である。

近頃は政治家諸氏を筆頭に空虚な言葉が横行しているが、言葉とは人間にとって何であり、何を意味するかということについて、原点に戻って再考してみる必要がある。そんなことを考えていた時、ふと、仏教詩人の坂村真民氏の、

字は　一字でいい
一字にこもる
力を知れ
花は一輪でいい
一輪にこもる
命を知れ

という詩を思い出したが、この詩の意味するところを噛みしめれば、言葉はひと言でよく、本は一冊でよく、絵は一枚でよく、音楽は一曲でよく、人生は一度切りでよいことになる。そうであれば、自分が書いているこうした文も一文でいいということに

なるのかも知れない。

（２０１２年11月7日）

## 「絵」の視点から今の日本を眺めると

「絵」を描く時に最初に思うことは、モチーフは何か、テーマは何かであり、次は出来上がった時のその絵の感じ、イメージをどのようなものにしたいと考えるかである。それをはっきりさせた上でデッサン、描画作業に入って絵を仕上げる。

また、「絵」を見る時は、実際目にした絵について「良い絵だ」とか「好きな絵だ」、あるいはその逆に感じたりするのであるが、「良い」「好きだ」と感じさせられる絵には見る人の心に強く訴えかけて来るものがある点が共通していることが分かる。そして、その人の心に訴えかけて来る要素はテーマの意義深さ、デッサン、構成（コンポジッション）、色彩の深さに起因する骨格の確かさなどから成り立っている。そうしたものがしっかりとしているからこそ背筋がピンとした素晴らしい作品として人の心に強く訴え、染み込んで来るのだと思う。だから、テーマも構成も骨格もあやふやで背骨が通っていない絵は、いかに派手に色を塗りたくっても色で誤魔化そうとしているだけで絶対に良い絵にはなり得ない。このことは、内面を豊かにすることを忘れ、ただ上辺のエステや化粧に熱中しても決して本当の美人にはならないことと同様だが、今の日本をこうした「絵」の視点から眺めてみたらどうなるだろうか。

我が国は戦後、超大国の米国の保護（＝それは同時に対米従属をも意味する）の下、経済的成長を社会発展の重要な基軸に置いて努力し、目覚ましい高度経済成長を遂げて先進国の仲間入りを果たした。その経済成長一点張りの国づくりがバブル経済を生み、やがてバブル経済の崩壊がもたらされ、我が国は「失われた20年」からの出口がなかなか見えないトンネルに入り、往時のような高度経済成長は望めないと気付いた。そして、これから先どのような国づくりをして行くべきなのか、日本がこれから進むべきテーマや道筋やビジョンが見えなくなった。その結果、国づくりのデッサン、構成（コンポジッション）、色彩付けの仕方は曖昧模糊として骨格を失い、背骨が見えない国と化した。そのような結果をもたらした原因はどこにあるかと考えた時、日本人が古くから持っていた考え方や生き方の軸になっている価値観を取捨選択することなく非近代的な古いものだとして全て捨て去り、それに代わってアメリカ的なものは全て近代的で良いとして無批判に受け容れて来た戦後60数年間の歩み方そのものに原因のひとつを求めることが出来るように思う。また、「最近の日本人男性に潔い人が少なくなった気がする」と言われるが、昔の日本の武士は間違いがあれば切腹してその責任を取った。しかし、今の日本では重大な間違いを起こしてもその責任が厳しく問われる度合いは少なく曖昧な形で事が始末されて一件落着となる。この「潔さ」に「けじめ」を加え、さらに「気遣い」を足した3つの心のありようが昔に比べて今の日本ではすっかり弱くなってしまったように思う。

「潔さ」は、「清い。けがれがない。すがすがしい」「潔白である。行いにけがれがない」ことを意味する。「けじめ」は区切りをつけることで、「良いこと」と「悪いこと」を明らかにし、YESはYES、NOはNOと明言して曖昧にして誤魔化すことはしないことを意味する。また、「気遣い」は、自分以外の他人に対する思いやり、配慮、細やかさを意味し、思いやりの心に欠けた自己中心が蔓延している世の中ではそこに存在している個人々々の孤立が進み、お互いに無関心になり、助け合う精神が弱まって個々バラバラの社会が生まれてしまう。そうした社会では次々と嫌な事件や出来事が発生し、物騒な世の中になること必定である。

（2013年2月9日）

## 破壊と創造

世の中の進歩の歴史を見て行くと、それはまさに破壊と創造の連続である。今、通りには自動車が溢れ、電車が走り、空には飛行機が飛んでいるが、江戸時代などの昔の光景を見ると、徒歩以外の主な交通手段は駕籠であり、馬であった。それが後に人力車が加わり、さらに自転車、オートバイ、自動車が次々に加わった。当の自動車にしても全てが四輪車とは限らず三輪のものさえあった。また自動車と言えば今ならガソリンや電気で動くものと思われているが、年配の人ならご存知のようにそうした燃料が不足していた時代には木炭を燃やして自動車を動かしていたこともある。

ここで注目しておきたいことは、そうした変化を主導したのは誰であったかと言うことである。駕籠を担いでいた人、あるいは馬を操っていた人が自転車を発明したのではない、自転車を発明した人が自動車を創ったのではない、また自転車や自動車を発明した人が飛行機を発明したのではないことである。その道に詳しいプロの人ではない素人と思われる人の方が過去の伝統やしきたり、既成概念に囚われない新しい発見や発明をした例がよくあるが、新しいものの見方、考え方、従来なかった発想ができることがいかに大切であるかを教えている。

真空管からトランジスタ、そしてＩＣに変わり、ラジオが生まれ、テレビが生まれ、白黒テレビがカラーテレビになり、器械自体も厚いものから薄型になった。電話機も固定電話だけでなく携帯電話が生まれ、今はすっかりスマホの時代で街中で公衆電話ボックスを見ることも非常に稀になった。時計もそうである。

　また、映画は無声映画から音声のあるトーキーになり、活弁士がその仕事を失い、白黒映画がカラー映画になった。女性が大好きな化粧品も従来は洗顔クリーム、化粧水、栄養クリームと別々だったものが合わせて一種類のものが生まれた。他にも色々と同じことが起きているが、絵画の世界でも、古典絵画が印象派絵画にとって代わられ、やがてキュービズムやシュルレアリズム、抽象絵画が生まれた。絵画材料も今は色々あり、油絵も水彩画も日本画も見た目には境目がはっきりしない現代となった。もし変わっていないものがあれば、相変わらず木枠にキャンバスを貼り付ける方法で、もっと便利で品質の良い方法が見つかれば特許ものであろう。同様のことは自動車のワイパーにも言える。自動車の本体自体は年々改良されているが、この窓ガラスの雨滴をぬぐうワイパーは変わらない。

　世の中、こうしてありとあらゆる世界で色々な変化が生まれ、不変なものは稀である。そのことは、古くは釈迦が教え、また中世には鴨長明が方丈記で書き表しているように、「行く河の流れは絶えずして、しかももとの水にあらず。よどみに浮かぶうたかたは、かつ消えかつ結びて、久しくとどまりたるためしなし。世の中にある人とすみかと、またかくのごとし」である。それだけに、変化を恐れず、日々何か新しいことに向かって挑戦して行くことが有意義なのだと思うが、先日、斉藤誠一橋大学院教授の「中国などの新興国が急成長しているのに、日本がこれだけ高い生活水準の経済を保とうと思ったら、それに見合う労働の質が必要。いつも学生にそう言っています。バブル前の貧しい日本とバブル後のバージョンアップした日本では、若い人に求められることが違う。こんなに賃金が高い国の労働者が韓国や中国と同じことをやっていたらだめ。一人ひとりがきっちりトレーニングしないといけない。そこは掛け値なしにしんどいので、みな目をそらしています」という興味深い言葉が新聞に載っていたが、一理ある考えだと思う。

（2013年3月1日）

## 母への手紙

母さん、如何お過ごしですか。そちらでは父さんとどんな話をしていますか。7人の子供は皆、家を出てしまい、母さんと父さんはふたり暮らしとなりました。そして父さんが亡くなった後、母さんは頑張ってひとり暮らしを続け、父さんの3回忌を終えて間もなくしてから安らかな表情を浮かべて父さんの後を追い、帰らぬ人となりました。

それから12年が過ぎましたが、今は一番下の私と上の兄2人の3人になりました。先日、故郷のお寺で母さんの13回忌を行いましたが、母さんの耳にその時の私たちの声は届いていますか。今のところ3人とも元気でいます。安心してください。

去年9月5日に古稀を迎えた私も先日の誕生日で71歳になりました。最近は子供の頃のことが色々と脳裏に浮かんで来て、よく母さんのことを思い出します。きょうだいが多くて、自分が兄たちのように大学へと進学できるほど家計に余裕はないと感じ、大学受験を諦めようとした時、母さんが言いました。「お前は、お金のことは心配しないで試験に合格することだけを考えなさい。お金は合格すれば何とかできるけれど、合格しなければ何もできないのだから」と。母さんのお蔭で私は大学まで進学でき、今こうして元気でいます。母さんの言葉がなかったら、その後の私の人生はすっかり違ったものになっていたことでしょう。この間もそんなことを思い出していました。

小学校しか行けなかった母さんは教育を大切にしました。また、自分のことは二の次で、子供に辛い思いをさせるようなことは決してありませんでした。「親孝行、したい時には親はなし」と言いますがその通りです。母さんへ何か恩返しをしようと思っても、何もできないのが残念です。叶うことなら、また子供の頃に戻って、いつも白い割烹着姿だった母さんに向かって、大声で「母ちゃん」と呼びたい気持ちで今はいっぱいです。

（2013年）

## 「人生」を考える

昔、次のような文章を書いたことがある。

「私もどうやら、『人生』の意味が、粗雑ではありますが核心に近づいたという意味で、かなりわかりだした感じがします。自分という人間がどんな人間であるかが、大まかではありますが大体のところでつかむことが出来たからかも知れません。しかし、同時に、私の若さも峠をこしてしまった感じがしています。何でも良い、とにかく息つく間もなく無我夢中で走るといった、新鮮な味を持った青春の日の灯も、今の私にとってはますますノスタルジアとして覆いかぶさってくるだけなのですから、私が私の持って生まれた全てのもの、そしてそこから生まれる数々のコンプレックスやゆがんだ心、そして狭い視野、それらを全て自分の運命として闘いながら納得してしまった現在では、眼の前に広がる光景は穏やかで、そして広さの測り知れない砂丘が広がっているだけです。広い砂丘の上を私はトボトボと歩く。私の歩いた背後には、ずっといつまでも私の足跡が残されることを望んでも、時代が過ぎると共にそれは風が消し去ってしまいます。しかし、それで良いのかも知れません。天才は砂丘を水で潤し、そこに緑の一帯を植えつけるが、私は私だ。私が天才と同じことをしようとしても、砂丘が私を払いのけるなら、潔く私はそれを私の責任として受け止めよう。涙も流すまい。愚痴もこぼすまい。夢の多かった私も、多くの人々と同じ道をたどる。精一杯に生きること。それが出来たら、私は人々に感謝したい。善も悪も、憎悪までもが確かに私という小さな草を育んでくれている。そんな気がします。私自身を知るということの寂しさ、それは何とも言いようのないものですが、それが人生かも知れません。それが又、これから私が体全体で生きていく際にどうしても悟らなければならなかった出発点であるような気がします」(=1964年4月30日付け手紙)

「検定中は自分のこともさることながら、他人のことの方が不安になるというもの。それというのも、軽自動車の検定を受けた六十歳を越した半ば腰の曲がっている気弱そうな爺さんが途中で二度もエンストを起こしてしまって、コースを走り終えた後、車のドアを開けて出て来た時の全く悲しそうな顔を見ると、何だか可哀相になってしまって。でもこの爺さん、合格しました。そこで思わず、『おじさん、良かったねぇ、おめでとう』と叫んだ次第です。合格の発表を眼にした時のこの爺さんのどう表現したら良いのか戸惑っているような喜びの表情、動作が今でも印象に残っています。こんなところが友人達に指摘される私の涙もろい感情家としての一面であり、弱さであるかも知れないと、ふと思ったりしています。でも、こんな面だけは残しておきたいのです」（＝1964年12月1日付け手紙）

当時の私は二十歳そこそこの青年期の真只中で、太宰治の小説や阿部次郎の「三太郎の日記」、あるいはカミュの「異邦人」「シジフォスの神話」などを読み耽っていた。そうしたものは今時の青年たちにはほとんど縁のない読み物であるかも知れない。なお、交通事故のために46歳で亡くなったアルベール・カミュの誕生日は1913年11月7日で今年が彼の生誕100年に該当することを付記しておく。

綾小路きみまろ氏流に言えば、「あれから50年」であるが、人生の意味は「自分の中に埋もれている宝ものを掘り当てる行為であり、それが人生を生きる大切な意味ではないか」と考えているが、如何だろうか。現在の自分は、昔と違ってメガネをかけ、頭髪がすっかり白く薄くなってしまって昔日の青年の面影は全くなくなってしまっている。それは冬になり、葉が落ちてすっかり丸裸状態になってしまっている木々のことを想い起させる。歳月はかくまで人を変容させるから驚きである。

（2013年12月15日）

# イチゴに思う

外出先から帰宅した私にワイフが「今日、イチゴを買って来たのだけど、失礼しちゃう」とぼやきながら言った。訊いてみると、今日近くの大型スーパーへ行って色々と買い物し、眼に入ったイチゴも買って帰宅し、早速、プラスチック容器に上下2段に詰まっているイチゴを洗って食べられる状態にしておこうと取り出してみると、下の段のイチゴは上の段のイチゴと全く違う小さなものばかりが入っていた。並べられている状態では下の段の様子は全く見えず、当然上の段と同じ大きさのイチゴが入っていると思ったが、全く裏切られた感じで、思わず「失礼しちゃう」とつぶやいてしまったと言う。帰宅した直後にそのことを聴き、テーブルの上に出ている実物を見やると、なるほどちゃんとした大きさのイチゴと一緒に小粒のイチゴが幾つも並んでいる。写真を撮っておけばその実態が一目瞭然で良かったのだが、撮り忘れたことは残念だった。

別の日、今度はその大型スーパーとは別の地域一番を謳い文句としている食品専門店に行き、幾つも並べられているイチゴのプラスチック容器の様子を見ると、小粒のイチゴは小粒のものだけを容器に詰めたスタイルで売っている。それだから、見えない下の段に上の段のイチゴとは全く違う小粒のイチゴを隠すように詰めるあざとさは全くなかった。

近年、イチゴは生産者の研究が進んで甘さが増しており、また日本の各地でイチゴ生産が盛んになっている。一方、今年の冬は丹精込めてイチゴを作っている生産者のビニールハウスが豪雪の重さに耐え切れずに潰れて大損害を被る不幸な出来事が相次いだが、そうした中でこうしたお客の気持ちを不愉快にさせる、上辺だけを立派に見せて売ろうとする浅ましさが現実に存在していたのは残念である。

ご存知の通り、スーパーなどの商品棚では賞味期限が早さ順に商品が前から後ろへと並べられているが、これは売る側の商品管理の立場を考えれば止むを得ないことだと思っているが、こうした見せかけのイチゴの詰め方だけはとてもいただけない代物である。

東京オリンピックの招致運動以来、我が国のすぐれた姿勢のひとつに「おもてなし」の精神があると盛んに言われるようになったが、せっかくのこの「おもてなし」が実際には通り一遍の上辺だけの上げ底のような形のものではなくて、それこそ噛めば噛むほど味わいが深まる上質なものであって欲しいと思う。要は、偽物でない、本物の「おもてなし」であって欲しいと思うのである。

（2014年3月30日）

## 昔は薪《たきぎ》、今はスマホ

「昔は薪、今はスマホ」と言う題名を付したが、今の世の中は「スマホ歩き」が横行している。それは、昭和の初め頃から日本全国の小学校に必ず置かれるようになった薪を背負いながら読書に勤しむ二宮金次郎の像姿とは極めて対照的な風景である。

二宮金次郎の像は昭和10～15年頃が建立のピークで、戦局の悪化・軍需物資の不足に伴って昭和16年施行の「金属類回収令」により、例外に漏れず鉄砲や大砲の弾を作る材料として供出され、戦争が終わると、戦前にある種の軍国主義の象徴でもあったことから打ち壊しの憂き目にあってその多くが姿を消し、それを眼にすることは極めて稀になった。私自身、その実物に巡り合ったのは、信州に住んでいた時、アートイベントが開かれたある廃校を訪れた時にその学校の玄関先にそっと置かれてあるのを眼にしたのが唯一の実見体験である。

二宮金次郎（＝二宮尊徳の幼名）は父を14歳、母を16歳で亡くし、伯父の家で苦しい農耕をしながら独学し、青年期に家を再興、また農村の振興に多大な貢献をした江戸時代後期の実践的農政家であるが、少年時代、本を読む時間があったらその分働けと言われ、像に見られるように薪を背負い、その道中に本を読んで勉強したと言う。

その刻苦勉励の姿が小学生の理想・手本の人物像として相応しいと考えられ、当時の大日本帝国主義の象徴的人物として利用されたのだと思うが、二宮尊徳自身の社会に対する多大な貢献と勤勉振りについては、時代は変わろうとも決して色褪せないものであると思う。

金次郎が薪を背負って勉強した時代から既に2世紀余りが過ぎたが、当時と変わって社会が豊かになり、技術が著しく進歩した現在は、「スマホ歩き」をする人たちの姿を街中至る所で眼にすることができるが、果たして、それが良い現象であるのかどうか、じっと考えてみたいものである。

（２０１４年６月13日）

## 「お・も・て・な・し」と「や・り・な・お・し」

３年前、ブラジル・リオにおける国際オリンピック総会で２０２０年の夏季オリンピックとパラリンピックの開催地を東京にすることが決まったが、その総会で行われたプレゼンテーションで「お・も・て・な・し」という日本語が一躍世界的に有名になったことがまだ記憶に新しいが、それが今年になって新国立競技場の問題が先ず起き、次いで２０２０年のオリンピックの大切なシンボルマークのエンブレム問題が起きて、双方とも「や・り・な・お・し」となった。

この二つの問題を発生させた根源的原因にはどう考えても「組織と人」に由来する共通のものが存在していると考えられるが、「二度あることは三度ある」という諺があるように、これからもまた同種の問題が発生・露呈するのではないかという不安に駆られている国民も少なくないと思う。

これは日本の例であるが、お隣の中国では、高速鉄道の衝突事故が起きた時、その原因が特定されない前に先頭車両をすぐに地中に埋めた出来事が数年前に起きた。そして今年は、天津で大きな爆発事故が起きて多くの死亡者と行方不明者が出たが、その実人数も確定していない状況で事故の発生原因も特定されていない状況であるのに、東京ドームの数個に相当する事故の跡地とその周囲を公園とすることを早々に発表したが、いずれもあからさまに問題を隠蔽して人々の記憶を無理矢理に消してしまおうとするいつもながらの共産党一党独裁の中国政府当局の常套策でしかない。

日本と中国の両国におけるこの種の問題の発生はいずれも情けないことではあるが、両国の対応の仕方を比べてみると、日本の対応の仕方、姿勢は中国に比べればまだまだ大いにましな方であると感じる。考えてみると、共産中国を創った建国の英雄として天安門広場にその肖像写真が掲示されている稀代の権謀術数家であった晩年の毛沢東がその喪失した政治権力を奪い返す目的で起こした文化大革命運動の最中、我が国でも「論語」で知られる古代の儒者の孔子を全否定されたが、中国が礼節を失うに至っている今の状況もさもありなんと思うし、また、古来、もともと礼節が乱れきったお国柄であったからこそ、孔子のような思想家が生まれたのだという極端な考え方さえ生まれてしまう。ここで少し話が長くなって恐縮だが、ある教育関係雑誌の１９９６年2月号に「人材育成と私」と題して寄稿した一文の中に「心技体について」として次のようなことを書いたことがあるので、それから20年近く経った今、改めてそれを転記しておきたい。

「知識や技術それ自体は決して目的ではない。それはあくまでも手段に過ぎず、間違った目的のために知識や技術を使った結果は決して社会や人のためにならない。心が栄養失調なのに、知識を増やしたり技術を磨いたりしても、それは悪用となるだけである。能力主義の風潮のもとに、能力さえあれば、品格や品性は問題としないとすることは誤りである。能力があっても、人間性の上で許されない欠陥のある人間を重用すると、結局は多くの人にいわれのない苦しみがもたらされる。人間、能力があるに越したことはないが、それ以前に大切なものがあると思う。それは、誠意であり、熱意であり、思いやりである。少々能力があっても、至誠の心がなければその能力を正しく発揮することはできない。このことをわきまえない人材育成は、『百害あって一利なし』である。知識や技術のレベルは高いが、利己主義的で不誠実な社員が多い会社は、結局は顧客から嫌われて衰退していくものである。昔から心・技・体と言われるが、真っ先に大切なことは、心を整えることだと思う。『良い作物を作るには、まず、大地をよく耕し、肥やさなければならない。そして、人間を作るには、心を深く耕し、磨かなければならない。心田は、いくら耕しても耕しつきるということはない』と清水寺の森清範貫主も言われているようであるが、人材育成の根本には、是非とも心を深く耕すことを置くべきである。これを疎かにした人材育成は、実りある成果をあげることはできないと思う」がその本文である。

（2015年9月8日）

## 良寛と一茶

良寛と一茶の両者を比較してみると実に興味深いことが色々とあることがわかって研究心がいや増す気分になる。良寛は1758年11月に生まれ、1831年2月に満72歳で没した江戸時代後期の僧、歌人、書家、詩人として知られている。また、一茶は1763年6月に生まれ、1828年1月に満64歳で没した同じく江戸時代後期に活躍した俳諧師として知られているが、両者はその生没年から分かる通り、生涯が見事に重なり合っている。

両者の生涯内容をさらに追ってみると、良寛は越後の出雲崎の名主の子として生まれ、18歳の時に突如出家して禅僧としての厳しい修行に励み、34歳で諸国行脚の旅に出た後に故郷に戻り、越後の燕市の名家に移住、弟子の貞心尼に看取られて他界し、生涯、寺も妻子も持たなかった。

一方、一茶は信濃の柏原の農家の長男として生まれ、3歳の時に実母が他界、8歳の時に継母が来たが馴染めず、14歳で江戸に奉公に出た。そして25歳から俳諧の道へ進んで近畿・四国・九州へと歴遊しながら俳諧の修行に励んだ。父の死後には遺産相続を巡って継母と12年間も争った後、50歳の時に故郷に戻り、翌年結婚して3男1女を儲けるが母子ともに死去、62歳で2番目、64歳で3番目の妻を迎えるも大火により母屋を失い、移り住んだ焼け残りの土蔵の中で亡くなった。

良寛は生涯に１４００余首の和歌、７００余首の漢詩、１０８句の俳句を作り、一茶はその生涯に2万句もの俳句を作ったと言われ、良寛には、

形見とて　何か残さむ　春は花
　夏ほととぎす　秋はもみじ葉

という辞世的な歌があり、また、辞世の句として次がある。

うらを見せ　おもてを見せて　散るもみじ

一方、一茶句集には「……残れる人に物問ふに、言い置ける一言もなく、又残し置ける一物もなし」とはあるが、

露の夜は　露の世ながら　さりながら

が一茶の辞世の句であるとされている。なお、無欲なままひとりの禅者として人生を生き切った良寛とひとりの逞しい世俗者として人生を生き抜いた一茶には似ているようで違う次の句があって、非常に興味深い。

焚くほどは　風が持て来る　落葉かな　（良寛）

焚くほどは　風がくれたる　落葉かな　（一茶）

話は変わるが、我が国の来し方を振り返ると、西行法師（１１１８～１１９０年）、松尾芭蕉（１６４４～１６９４年）、良寛、一茶、若山牧水（１８８５～１９２８年）、尾崎放哉（１８８５～１９２６年）、種田山頭火（１８８２～１９４０年）などの文人、あるいは長谷川利行（１８９１～１９４０年）や山下清（１９２２～１９７１年）といった画家に例示されるように生涯の多くを旅や放浪に費やした人たちが沢山存在していたことに気が付く。

考えてみると、まだ幼かった頃、田舎の生まれ故郷でも托鉢に来る僧姿の人たちが時折いたことを思い出す。またふた昔前まで東京・新宿の西口広場で鉢を手に持って佇んでいる僧姿の人が見られたが、今はそうした姿は見られない。昔の日本は経済的には今とは比べようもなく貧しかったが、それでも我が身を削っても他の人たちの為に情けを施すだけの心の広さを多くの日本人が持っていたのかも知れないと考えると、どこか淋しい気持ちを覚える。

（２０１７年5月18日）

## 人生は芸術である

昨年４月下旬、東京・銀座６丁目の画廊で「ライフ・イズ・アート展」と題した妻との２人展を開催し、自作の絵画１１０点、陶芸作品20点に加え、出版著書、執筆文書ファイル、随想文集ファイル、色々な写真アルバム等、多岐にわたる色々なものを一堂に展示した。何故ならば、その全てが人生の構成要素であり、そうすることで「人生」という名前の付くアートを表現できると考えたからである。また、ご来場の皆様には絵画や陶芸の展示作品の中に欲しいものがあれば、絵画と陶芸別におひとり２点まで無料で差し上げる旨を明記した「作品希望申込書」をお渡ししたが、その結果、82点の絵画と17点の陶芸に申込があり、展覧会終了後、無事に全作品を送り届けることができた。いずれも私たちが心を込めて制作した作品であり、いわば分身そのものであると思うと感無量である。

人間は暇があり過ぎると、緊張感と集中力を喪失しがちである。絵を描くことは暇があればできるというものではなく、多忙で時間がなかなか取れない時ほどかえって描くことができるものである。また、絵を描くことは仕事とは全く別の世界に属することではあるが、そうしたプラスアルファの世界に没頭して研究・研鑽を重ねて行くと、今まで見えなかったことや分からなかったことが不思議と見え、分かるようになる。それは間違いなく仕事にも大いに役立ってくれるが、このことはもっと多くの人に知っていただいた方が良いように思う。今から5年前に「誕生日が来て」という題名の詩を作ったが、その冒頭は、

誕生日が来て　またひとつ歳をとった
思い出の数々を乗せ　またひとつ歳をとった
知らぬ間に古稀年齢を迎えた私の傍を
素知らぬ顔をして　時は過ぎて行く

という詩文から始めたが、今年9月の誕生日で私は満75歳になる。人生を1本の樹に

譬えると、その樹には寿命の長短に応じた枚数の葉が付いていて、毎年一枚ずつその葉が散って行く。果たして私の樹には何枚の葉が付いているかは分からないが、これまでに既に74枚の葉が散り落ちていて、これからも毎年一枚ずつ葉が散って行く。

現在の日本人男性の平均寿命は80歳を少し越した辺りであるから、私に残っている葉の枚数はそう多くはなさそうであると考えると、最後の一枚が散り行くまで自分はどのように生き、どのようにして人生を折り畳んで行くかを今まで以上に真剣に考えなくてはならない時が来ていると感じる。

さて、再び絵に関する話である。自営コンサルタントとして独立開業してから4年目の6月、それはようやく仕事が軌道に乗った頃でもあるが、東京・新宿の画廊で「55歳のデビュー」と題して自作の絵を40点ほど並べた初個展を開催した時のことである。ある教育訓練会社の古くからの知り合いの方が個展会場に来られ、すぐに私に「佐藤さん、英語で行う研修講師の仕事には興味ありませんか」と訊いて来た。考えてみればコンピュータ会社を辞めてからは英語を使うことがほとんどなくなっていたこともあって、私は挑戦する積りで「やってみましょう」と即答した。すると、早速その年の10月、アジア諸国から来日する外国人受講者を対象とする管理者研修のインストラクター養成講座の指導講師の仕事を依頼されたが、それは生まれて初めてのオール英語による研修の仕事であった。それ以来、毎年アジア諸国から来日する受講者を対象とする英語による管理者研修のインストラクター養成講座の指導講師の仕事を担当して来ているが、これも31歳の時から絵を描くというプラスアルファのことを続けて来たことから生まれたものだった。こうして、私のこれまでの人生を振り返ってみると、何かと色々な変化、変動があったことに気が付くが、そうしたことは偶然の賜物であると言うよりも自分の意思で選択した結果であると考えた方が良いようである。そこで、今の私の気持ちを次に記して本文を終わることにする。

　歩き続ける人生の道は
坦々とした真っすぐなものとは限らない
どれもこれも歩行が困難な道ばかりだ
でも　背筋をピンと立て
一歩々々しっかりと歩み
また新しい歩数を重ねて行こう
困難にめげず　自らを鼓舞して
これからの人生を
しっかりと歩み続けて行こう

（２０１７年８月22日）

## 75度目の誕生日に

今日２０１７年９月５日は、生まれてから75度目の誕生日である。今朝は眼が覚めた後、すぐにＣＤプレーヤーのスイッチを押しておよそ1時間少々、自分で編集制作した音楽ＣＤから流れる歌・音楽に耳を傾けた。次の写真はその自作の音楽ＣＤに収めた20の歌・曲についての自作の解説冊子の表紙である。

このCDに収めた自選の全20曲はいずれも素晴らしい音楽ばかりであるが、イヴ・モンタンの「枯葉」、アダモの日本語の「雪が降る」、ビゼー作曲の「真珠採りのロマンス」、スペインの盲目の作曲家ロドリーゴ作曲によるアランフェス協奏曲の第2楽章をドイツのジェイムス・ラスト楽団がポピュラークラシックとして編曲・演奏の「恋のアランフェス」、ソプラノ歌手・声楽家の鮫島有美子の「さくら貝の歌」、「五木の子守唄」「中国地方の子守唄」と並ぶすぐれた子守唄「島原地方の子守唄」、「今宵出船かお名残惜しや」の詞で始まる「出船」、「待てど暮らせど来ぬ人を」という竹久夢二の有名な詩に曲が付いた「宵待草」、若い友人の南澤雅人君の名曲「Unrequited Love（片想い）」、加古隆作曲の「パリは燃えているか」、タンゴの名曲「ラ・クンパルシータ」、モーツアルト作曲でジェイムス・ラスト楽団演奏による「協奏交響曲 K364」、五輪真弓の「恋人よ」、すぎもとまさとが作曲し、唄っている「吾亦紅」など、聴いていると心に沁みるのはいつものことである。ちなみに、「さくら貝の歌」は美しい声の持ち主の鮫島有美子が唄うのが一番であり、彼女にはこの歌が最も似合っている。また、「恋人よ」は五輪真弓が唄うのが一番で、他の歌手には彼女のような心を込めた唄い方はできないように感じる。いずれにしても音楽は素晴らしい。

さて、今日からは後期高齢者の一員で、先月下旬には従前の「高齢者健康保険者証」の倍サイズの「後期高齢者医療被保険者証」が届いたが、フランスのモラリストで作家のラ・ブリュィエール（1645～1696年）は、「人間には3つのできごとしか起きない。生まれること、生きること、そして死ぬことである」と言っている。また、ユダヤの格言に「人の生まれと死に方は、本の表紙と裏表紙のようなものである」という言葉がある。

75歳を迎えて、あとどれ程生きるのか、5年、10年、15年、あるいはそれより短いのか、それとも長いのかは神のみぞ知ることではあるが、人生という一冊の著書にどのようなことをどのように綴り終えた上で裏表紙を閉じるべきなのか、よく考えなくてはならない。さて、75歳の誕生日を迎え、古稀を迎えた時に詠んだ自作の詩の「古稀年齢」を次の通り、〝七十五歳〟に代えてみた。

誕生日に寄せて

誕生日が来て　またひとつ歳を取る
誕生日が来て
また新しい記憶を重ね　ひとつまたひとつと歳を取る
生まれてから今日までの　思い出の数々を乗せ

知らぬ間に七十五歳を迎えた私の傍らを
時は素知らぬ顔をして去って行く
人生とは不思議なもの
楽しいこともあり　悲しいこともあり
嬉しいこともあり　寂しいこともあり
喜ばしいこともあり　泣きたいこともあり
それでも人生は　悲喜こもごもの波に我が身を包み
淡々として過ぎて行く
長くもあり短くもあり　短くもあり長くもあり
それが人生　人生の真実
命あるものは必ず止むとの言葉の通り
我が人生も　いつかは終わる
誕生日が来て　またひとつ歳を取る
七十五歳を迎えた今　ふとこれからの人生について想う
人生が終わる日までに　何をなすべきかと

また、この新しい詩を補完するものとして、次の自作の詩をつけておくことにして、また何か新しい、これまでにない宝物を探してみようと思う。

宝ものを探そう

生まれ　生き　やがて逝く
人生は長くもあり　短くもあり
人生は一度きり
かけがえのないものだと言うが
その目的は何か　その意味は何か
生きて来て　ふと思う
自分の中に埋もれている宝ものを掘り当てる
その行為が人生の目的ではないか
この世のすべての人の中に
宝ものが眠っているのではないか
すべての人の中に宝ものがある
その宝ものを探し出そうと努力を続けよう

人生は曇り時々晴れ　風雨の強い日もある
失敗続きで心が滅入る日もある
しかし　あきらめずに自分の中の宝ものを探そう
多くの人々と出会い
沢山のことを教わり　体験し　学び
そして幾多の困難や失敗を乗り越えた末に
自分の中に眠っていた宝ものを遂に見つけた時
人は無上の幸せを感じる
自分の中に埋もれている宝ものを掘り当てる行為
それが人生を生きる大切な意味ではないか
果して　どんなに貴重な宝ものが
自分の中に埋もれているのだろうか
今からでも遅くはない　その宝ものを探そう

「人生は短く、芸術は長し」と言われる。絵画、文学、音楽が好きで良かったと思うが、音楽は音の良し悪しを人一倍よく聞き分けられる耳があるとは思うが、楽器を弾いたことや奏でたことは、少年の頃のハーモニカ以外は全くない。そんな自分に対し、せめて「禁じられた遊び」だけでもギターで弾ける人間になって欲しいと思ったワイフが私にギターをプレゼントしてくれたが、さて、いつから弾き始めるかが宿題となっている。

（２０１７年９月５日）

## お正月考

新年が明けた。自分が子供の頃は、数え年というものがあって、元旦には誰でもひとつ歳を取った。「もう幾つ寝ると、お正月」という歌詞から始まるお正月の唄があるが、それはお正月がやって来るのを単純に心待ちにしているということではなくて、誰でもひとつ歳を取るお正月が来るのが待ち遠しく思う心のありようを「もう幾つ寝るとお正月」という短い詞で表わしているのではないかと思う。

毎年訪れるお正月にはそれだけ大きな意味があったが、いつからかお正月が来てもひとつ歳を取る訳でもなく、誕生日を基準として満年齢で年齢を数えるのが普通となり、それと共にそれまで確かに存在したお正月を心待ちにする気持ちが少しずつ弱くなって現在に至っている。調べてみると、１９５０年１月１日に「年齢のとなえ方に関する法律」が施行され、その日以降、年齢は数え年ではなくて各々が誕生した月日を基準として計算する満年齢方式を適用することが法律で定められたと分かったが、その前年の１９４９年までは元日にはひとつ歳を取るという仕組みが残っている訳で、自分の場合には小学校の2年生の頃まで、お正月にはひとつ歳を取ることになっていたから、今でもそのことがはっきりとした記憶として脳裏に残っている。

常識的に考えれば、人は皆、生まれた月日が違うのに元日が来れば誰でも同じようにひとつ歳を取るというのはおかしいことだが、それでも、お正月が来れば誰でもひとつ歳を取ることになっていた時代には、お正月というものが持つ役割は、今とは比べようのない重要な意味合いを持っていたのだと思う。

ただ、「時代が変わった」と言えばそれまでのことだが、今はお正月が来ても、カレンダー上で毎年一度、ただ恒例としてやって来るものとして受け止められ、昔のように特別な意味合いを感じさせられるものではなくなっている。従って、お正月と言っても特別な意味合いはあまりなく、心の上でも何か特別にケジメを付けるものではない。それはハロウインやクリスマスの後に続く暦の上の物事であって、何か違いがあるとすれば年末年始の休日が続くので有難いというだけのものであるのかも知れない。昔、自分が子供だった頃は靴下を履くということはなく、冬の防寒用としては足袋を履くのが普通だった。そして、冬になり、幾ら寒くとも大晦日までは寒さをじっと我慢して素足のまま過ごし、元日の朝が来た時に真新しい足袋を履いたものである。そうしたことは足袋だけのことではなく、恐らくは他の衣類についても同様だったと思う。

ところで、お正月に欠くことのできない話と言えば年賀状についてである。年賀状の始まりは平安時代に遡ると言われるが、庶民の間で本当に広まったのは明治時代に入ってから本格的な郵便制度が創られて実施され、また郵便はがきの普及によってそれが一般化してからであると考えて間違いない。

年賀状は、元々は年賀の挨拶に行きたくとも遠くて行けない人に書状で挨拶するための礼儀として始まったようであるが、今はそうした礼儀の他、自分の近況を報告する、昨年お世話になったことへの御礼の気持ちを表わすために存在しているのだと思う。今の時代は確かにパソコンや携帯電話が普及していて、電子メールやＳＮＳなどを使用すれば手間もコストもあまりかけずに気軽に新年の挨拶をすることができるが、将来、人間がそれだけで十分だと考える時代が来れば別だが、自分なりに新年の挨拶と近況報告をデザインも含めて熟考して作成して自分の友人知人に送る年賀はがきの方がやはり心を込める方法としては上ではないかと思う。

今年出した年賀状は、冒頭に「新年、おめでとうございます」と挨拶の言葉を置き、その下に自分がこれまで描いた7種類の果物の絵の写真を円環状に挿入し、その下に「桃、柿、林檎、枇杷、葡萄、梨、サクランボなど、果物にも色々なものがあります。人の性格・生き方・運命も色々ですが、今年も、真っ直ぐな心でひと筋の道を歩き続けて行きたいと思っています」と近況報告に代えて自分なりの心持ちを綴り、その後、行を改めて「心豊かな良い年でありますように」と結び、末尾に先ず「平成30年元旦」と記し、その後に「郵便番号・住所・氏名・電話番号」を3行綴りで記して完成させたが、年賀状の文面に込めた私なりの思いは、送り相手の友人知人の皆様にも伝わって、よく理解していただいていると感じている。

これまでも、年賀状の冒頭には「新年、おめでとうございます」と挨拶の言葉を置き、その後に近況報告に代えて自分の思いの言葉を綴って来たが、最近3年間の年賀状には次のような自分の思いの言葉を綴って来た。

〈平成27年〉

歳月は素知らぬ顔をして通り過ぎて行きます。ある日、次の考えが頭の片隅に浮かびました。人生は一冊の本である。誕生と同時に自分の名前入りの本が用意され、表紙をめくると空白の頁が現れる。そして、人は生きている限り、その空白の頁に悲喜こもごもの様々な人生のドラマを書き綴り、やがて一冊の本が完成する。さて、今年は、どのような人生ドラマを書き綴ることになるでしょうか。暮れの寒空の下、野原の片隅に一輪のタンポポの花が咲いているのを目にしました。癒しの仏教詩人と言われた坂村真民氏（１９０９～２００６年）に『タンポポ魂』と題する次の詩があります。

踏みにじられても　食いちぎられても
死にもしない　枯れもしない　その根強さ
わたしはこれを　わたしの魂とする

〈平成28年〉

世の中では相変わらず不幸な事件・出来事が続発していますが、確かな心を持ち、大地を自分の足でしっかりと踏みしめ、一歩々々進んで行こうと思います。

〈平成29年〉

人生は繰り返しの効かない一度切りの実験ですが、「日々是好日、年々是好年」の精神に立ち戻り、今年も一歩々々歩んで行きたいと思います。

年が明けてから既に二週間余が過ぎたが、年賀状には送るものと送られて来るものの2種類がある。私は昨年の9月の誕生日で満75歳のいわゆる後期高齢者と言われる一員になったが、その途端に高校時代の同級生が久し振りに親しく会話し合ってから半年も経たないのに癌で亡くなってしまうことも体験した。しかも最近は、中学や高校の同窓会に出席すると、顔馴染みで風貌をはっきり思い出せる旧友がひとり、またひとりと亡くなったという哀しい知らせに出会うことが少なくない。今年受け取った年賀状を読むと、皆、歳を取ったせいだろうか、若い頃には決してなかった健康に関する文面が増えている。具体的には、

「足腰の、かなりの激痛と戦う毎日を過ごしています」

「昨年、前立腺癌・大動脈癌の治療のため入退院を繰り返し、やっとの思いで八十路を超えることができました」

「最近は腰痛が治らず悩まされています」

「喜寿を迎えて老化による五感の衰えをはっきり自覚し、生を享けてから初めての体の具合に驚き、困惑しています」

といった文面の追記がある年賀状が増えている。中には、

「昨年7月に心臓の手術をして大動脈弁の置換をしました。順調に作動してくれて

元気で過ごしております」

と書かれているが、送り主の郵便番号が記されているだけで住所・氏名が全く書かれていないので誰からの年賀状かが分からない。そこで、郵便番号を頼りに手持ちの住所録をチェックし、やっと本人にたどり着くことができて電話をし、久し振りに話し合うことができた例もあった。さらに、毎年年賀状を寄こして下さっていた年長の医師からはいつものような年賀状が来なかったが、暫くしてから、「昨年10月、齢80歳を迎えて、人生の整理を徐々に始めたく、誠に勝手ながら、永年続けて参りました情報交換の年賀状を欠礼とさせていただきました」との普通はがきが届いたが、最近はこのように年齢が80歳を超える頃から人生の整理、老い支度を考え始め、その一環で年賀状の交換を止める旨の手紙を受け取る例が起きるようになった。そのことはその人とのコミュニケーションの機会が殆ど無くなることを意味するので残念であり、かつ寂しい気持ちにもなるが、ご本人が考えられた上での決断でもあるから、止むを得ないこととして黙って受け止める他はなさそうである。

話は変わるが、以前はどこの家庭でも年末になるとおせち料理の準備で忙しかったが、近年は自らおせち料理を作らなくともスーパーで買い求める、あるいは通販を利用してそれが届けられるのを待つだけで済むような社会になって便利になった。果してそれが本当に良いことなのかどうかはわからないが、それが今時のお正月の準備の仕方になっているのかも知れない。我が家でも、最近はスーパーと通販の双方を利用してお正月の料理が簡単に準備できるようにしているから、変われば変わったものである。ただし、今年は元日にお屠蘇と雑煮とおせち料理が並んだ膳の上の祝箸の袋にワイフが名前と年齢を筆書きして置いてくれたので、そのことで昔ながらのお正月らしい雰囲気が味わえて非常に良かったと思う。今年で数えて76回目のお正月を迎えたが、これから先、お正月をあと何回迎えることができるかは分からない。今年9月の誕生日には満76歳、２０２０年の東京オリンピックの開催直後には78歳、それからさらに2年後の誕生日には満80歳になるが、何とか心身ともに健康を保ってその日を迎えたいものだと思っている。

（２０１８年1月16日）

## ワイフの入院から学ぶ

梅の花が咲き終わり、桜の花が咲き終わり、そして山吹の花が咲き終わって躑躅の花が咲き揃うと、冬にとって替わった春が終わり、いよいよ初夏の季節である。そんな風に季節が移り行く傍らで、ワイフが突然の入院を余儀なくされた。その3月10日以来の入院生活は既にひと月を超えたが、幸いにあと数日で退院できることになった。

3月10日（土）の朝から午後にかけて問診、触診、超音波検査などの診察や検査があった後、ワイフはそのまま即日入院するよう指示され、ひと月以上に及ぶ入院生活が始まった。理屈で言えば、患者本人が抱えている病気がどのようなものであるか、そしてそれを治すためにはどういったことが必要であるかを懇切丁寧に説明し、そのためには入院加療が絶対に必要であることを患者本人が心底からよく理解し納得した上で入院することが最善の方策であるが、付添いの家族はそのことを十分に理解できたとしても、実際に入院する患者本人は何が何だか分からないままの状態で入院することが少なくないと思う。

今回のワイフの入院に際しても、当初、ワイフには自分が入院していることさえ認識できず、それをきちんと自覚できたのは入院から23日目の4月1日になってからである。この日、面会に行った私に対して「今日、自分は大発見したことがある」と言うから訊いてみると、「自分は入院しているのだということを今日、発見した」と言うのである。本人がその日まで自分が入院しているという事実を認識できていなかったという事実を振り返ると、やはり、入院するに際して、先を急ぐあまりに入院する当事者本人へのきちんとした説明が不十分であったと反省せざるを得ない。入院するとよく、幻覚や見当識障害などの認知症と見紛うような意識が混乱する「譫妄《せんもう》」が起こることがあると言われるが、そうしたことが起こることを予防するためには、入院することが必然的なことであっても、入院する本人への十分な説明と理解の徹底化が求められると感じた。

幾多の病歴を経験しながらも、90歳を超えた今現在も元気な義姉の手紙には、「病院は感情や思いを抜きにし、悪いところを治療し恢復するために有る。病院はすることが終われば、いやでも（自分の家に）帰らなければならない」とあったが、併せて入院することの意味を考えさせられた。

昨年12月のクリスマスの日で私たち夫婦は結婚して51年目を迎えたが、ずっと二人切りの夫婦としてこの半世紀を生きて来た。それだけに時には喧嘩をすることはあっても離れ離れになることはなく、いつも相手が傍にいる人生だったから、離れ離れになれば、そうした環境の変化はどちらの人間に対してもそれまで感じたことのない孤独感をもたらす。考えればすぐ分かることだが、そうした切ない孤独な気持ちは華やかさが皆無の病室で、時折やって来る看護師との束の間の短い会話のやり取りを除けば殆ど無言のまま、たった一人で天井を見つめて昼夜を過ごさなければならない入院者の方がより強いが、入院者の連れ合いも、面会できる時間には限りがあり、面会を終えて自宅に戻ればいつもなら傍に居る筈の相手が無く、ひとりで日常生活のあれこれを始末するだけであって、これもまた孤独である。

そう考えると、夫婦二人だけのどちらかが入院すると、お互いが孤独を感じるのは必然であり、そうした孤独感はただただ耐える他には適当な方法はない。これが今は入院という出来事であり、退院の日がやって来ればまた元の状態に復することが可能であるので救われるが、入院とは違ってどちらかが亡くなるということになったら、そこに生まれる孤独感は永久に続く。城山三郎の遺稿を編集した『そうか、もう君はいないのか』というタイトルの名著があるが、世の中には長年連れ添った伴侶が亡くなった後、ひとりぼっちになった孤独に耐えながら、何とか頑張って一人暮らしを続けている高齢者が多数おられるが、その心中を想うと頭が下がる思いがする。

ここまで綴ってきた中で思い出したことが二つある。そのひとつは、長野県の旧北御牧村（現在は東御市の一地域）に在住していた時のことである。同地域は〝ねばっちょ〟の呼び名があるように土壌が粘土質でお米や野菜の美味さで知られるが、そこで行われた地域振興のシンポジウムにひとりのシンポジストとして駆り出されてステージの上の席に座ったが、ユーモアに溢れた見事な司会者（確か内山二郎さんという方だった）がステージから客席に下り、観客に向かって「これからの人生で何を望みますか」と問い、偶々内山氏の眼の前の席に座って居た私のワイフにマイクが向けられた。すると、ワイフは大きな声で「喪主には成りたくありません」と応じ、それに対して会場の多くの女性が賛同の大拍手をして沸き立ったことがある。21世紀の今日も、夫婦で先に行くのは夫の方で、残された妻が喪主となって見送ることが当たり前のように受け取られている向きが有りそうだが、北御牧地域は人口五千人余の標高７～８００メートルの高地にある農村地域であるから当然そうしたものであると考えられているだろうから、多くの女性観客から大拍手が起きたのだと思う。

余談だが、司会の内山氏はワイフのその返答を得て、今度はすぐにステージの上に戻って来て、「奥さんは喪主になりたくないと言っておられますが、ご主人はどうされますか」と私に尋ねて来た。その突然の質問に対して私は、「そうは言っても、この世の中は考えている通りには行かないところがありますから、もし私が先に逝ってしまうことになったら、〝大変済まない、申し訳ない〟と謝るだけです」と答えを返した記憶がある。

なお、病室へ見舞いに行く度にあれこれ、こうすると良いのではないか、またこういうものがあれば便利で重宝すると考えることがあったが、その幾つかについて紹介したいと思う。先ず、入院者に「今、何時であるか」を分かってもらうための時計である。

初めはベッド脇の柵に腕時計をぶら下げたが、文字盤も小さく見えにくい。そこで考えたのが我が家にあった少し古いが文字盤も見易い置時計である。しかし、病室の環境はあまりに殺風景であるが生花を飾ることは不可なので、その置時計を透明なビニール袋に包み、その上部に我家にあった造花の一部を挿入して持参した。これには入院者も「ベリー・グッド」と言って喜んでくれた。ただ、4月3日の真夜中、入院者が無意識にベッドから抜け出し、病室の外の廊下を一人で歩いてしまうという事件が起きた時にこの置時計はテーブルから床に落ちて秒針が取れてしまうなどして壊れてしまったので、造花を付ける必要のないデザインの、別の新しい置時計を購入した。

次はお酒のお銚子である。看護師さんから誤解されないよう、水飲み用ボトルと明記したテープを張ったが、ベッドに寝たままの状態の時、病院側でもストローなどを用意してはくれるが、それよりもお銚子の方が飲み口の形状のせいでずっと便利である。なお、その後、ワイフの介助に際して、お銚子よりは呑み易い、昔ながらの湯のみ器が売られていることを知ったが、昔の人の知恵は凄い。

また、入浴できず、従って頭を洗えない時に便利なのが、大判サイズの「からだ拭き紙タオル」と「シャンプーナップ」である。後者は頭髪をこのナップで拭うだけで髪をすっきりしたものにすることができる。現在はドラッグストアやホームセンターに行けば容易に購入できる。なお、化粧水入りのペーパーや手鏡も大変重宝である。また、歯磨きブラッシも必要だが、そのブラッシの柄に赤や緑のテープを貼って間違って捨てられてしまうことがないように按配した。

病院で音楽を耳にすることは心を落ち着かせる効果もあるので、ＩＣレコーダーに音楽を吹き込んでおき、それをイヤホンで聴けるよう按配した。こうしたものの他にも工夫したり準備・用意したものは色々あるが、そのすべてを掲げることは頁数が膨らみ過ぎるので割愛することにするが、病院に見舞いに行く都度、本人と色々話をしながら本人が求めているものを察したり、あるいは、観察眼を働かせて試行錯誤はあるとしてもより良い環境づくりに努めることが大切だと思う。（２０１８年4月9日）

## 37日間の入院生活の後に…

先々月の10日に入院し、先月15日に退院したから、ワイフの入院日数は37日だったことになる。総胆管結石症の方は胆管の中の石を除去してひとまず落ち着かせることができたが、問題は腰椎の圧迫骨折である。退院することはできたが、全快したのではなく、相変わらず痛みは続いているから、要は、家に戻ってからもコルセットを付けたままで多くの時間を体をベッド上に横たえて安静にしているのが療養の方法である。そのため、トイレや食事など、以前であれば何事も全て独力でできたことが叶わないので、私の介助が求められている毎日である。痛みさえ消えれば、歩行訓練などを積極的に行って元通りの姿に戻れるに違いないが、今は少しでも早く痛みが消えるのを待つ他はないが、それも致し方のないところである。

腰椎の圧迫骨折は女性に多い骨折（＝骨折と呼ばれているが、その本質は骨が折れるというより骨がひしゃげるといった方が適切）であるが、その原因として、閉経や高齢化などをきっかけに本人が気付かないうちに骨がスカスカになる病気（＝骨粗しょう症）が挙げられる。骨粗しょう症になると、転んだ時は勿論、ちょっとした日常動作でも自分の身体の重みを支えきれず、「いつの間にか骨折」をしてしまうことが少なくないと言う。

圧迫骨折を起こしたワイフの骨密度がどうであるかを最近測定してもらったが、その結果によれば、同年齢の平均骨密度と比べると１２６％、若年成人の平均骨密度と比べると78％だった。と言うことは、同年齢の人と比べると同等以上であるが、若年成人と比べると低下しているという判定である。それなのに圧迫骨折が起きた理由を考えてふと思いついたことがある。それは標高７００～８００メートルの信州の台地に住んでいた頃は何かと歩く、体を動かすことが多かった。それが信州から現在の藤沢市に移ってちょうど10年が経過したが、信州時代に比べれば歩く、体を動かすことが圧倒的に少なくなり、その結果としてこの10年で体重も10キロ以上増えたという点である。確かに若い時には３千メートル級の山にも登り、長い間大いにスキーも楽しんで来たから、それなりに骨密度も高かった筈であるが、藤沢市に来てからの運動不足と体重増加を考慮すると、それが原因のひとつになったように思う。

　腰椎の圧迫骨折の病状で一番困るのは疼痛が続くことで、それさえ消えれば本人も周囲の家族も大いに気持ちが楽になるのだが、痛みが消えるまでにはそれなりの時間が必要であり、ある一定の期間は胸からお腹までを覆い包むコルセットを装着し、時が過ぎて自然と痛みが消えて行くのをじっと待つだけである。

　介護・介助が必要となる人の５人に１人は「骨折・転倒」「関節疾患」が原因であるという調査結果があるとのことだが、特に女性の場合、ゆめゆめ骨粗しょう症にならぬよう普段からの注意が肝要であると思う。そうした意味からも、定期的に骨密度の測定をしてもらうことが必要だと思うが、往々にして健康診断では、あるいは人間ドックでさえも骨密度を検査することが看過されているようである。健康診断や人間ドックはこうした観点からも男女別年代別の必要検査項目を設定することが望ましいと感じる。ちなみに昨年11月に市内某病院で5万円以上の費用を払って受診した日帰り人間ドックでは骨密度の測定は対象外となっている。

なお、痛みが消えたからと言ってひしゃげた腰椎が元通りに快復する訳ではなく、連鎖的にいつ圧迫骨折が再発するとも限らない。そこで、先週からは臨床試験の結果から「骨を造る」働きを助け、骨密度を増加させ、骨折を防ぐ効果があると期待されているフォルテオという薬剤を毎日1回、24ヶ月に亘って本人に代わって私が注射することをスタートした。その注射針は短く、注射時間も5秒ほどと短いが、これにより骨密度が増加し、骨折が再発する割合が極少化することを期待している。

（2018年5月2日）

## 中学校を卒業して間もなく61年

昭和33年、西暦なら33に25をプラスして58で1958年。この年の3月に中学校を卒業したから昨年で60年が過ぎて今年3月で61年。人生の長寿祝いの年齢に倣って言えばまさに還暦である。

織田信長が好んで謡い舞ったと伝えられる「幸若舞（敦盛）」に「人間50年、下天の内をくらぶれば、夢幻のごとくなり」云々という詞章があるが、この50年つまり半世紀にプラスすること10年の歳月がすでに過ぎ去った訳である。そんなずっと昔に卒業した中学校の2年4ヶ月振りの同窓会が今月中旬、生まれ故郷であり、片道3時間かけて亡父母の墓参を含む日帰り旅で参加した折りのことを己の備忘録を兼ねて少し綴ってみる。

この東京湾沿いの生まれ故郷には実家がなくなっていて、家屋を取り壊した跡地が残っているだけである。そして、今の日本各地の地方に見られるのと同様、すっかり賑わいがなくなって寂しくなった故郷ではあるが、ここには生まれてから小学校、中学校、高校を卒業するまで18年間の自分の人生の色々な思い出が残っている。今と違って子供の数も多く、スーパーもコンビニもカラオケもなく、パソコンもスマホもガラケーも塾も一切なかった。子供たちは朝早く学校へ行っては授業前に校庭で友達と大いに遊び、また学校から帰るとすぐに近所の大勢のガキ連中とメンコやビー玉やチャンバラごっこ、警官・泥棒ごっこはもちろんのこと、その他自分たちで考えたり編み出したりした色々な遊びやゲームに毎日毎日夕方暗くなるまで元気いっぱい遊び呆けた。また野山や川や池があり、また海が近いので、フナ釣り、ハゼ釣り、野鳥獲り、ボール遊び、野球、サンドスキー、海遊び、川遊びなど一年中遊び楽しむことができたし、夏などは、学校の帰りに海浜に寄って友達とパンツ一枚になって泳いだりしたものである。

こうして年がら年中駆けずり回るように遊んだお陰だろうか、体格は小柄であった自分だが、走力と跳躍力が他人より秀でていて小学校時代から自然と陸上競技をするようになり、中学3年時には走高跳で当時の郡大会で優勝したが、この年、母校の中学校の陸上競技チームは郡大会でも優勝することができた。いずれにしても、昨今の子供たちの環境とは大違いで、幼い時から色々な体験を沢山積むことができたのは大変良かった。

ここで話を同窓会に戻すと、平成28年に行われた前回の日程に倣えば、この同窓会も冬ではなくて秋に行われた筈であるが、今回はその秋を過ぎた寒い冬の最中の2月に行われたのだった。しかし、それにも拘わらず出席者数は前回の43名より5名多い48名だった。また、当時の恩師としてただ一人生存されている満85歳の恩師が幾分不自由になった身をものともせずに今回も出席して下さったのには頭が下がるばかりだが、自分の同学年の生徒総数は201名（男99名、女102名）であり、その内すでに44名（男33名、女11名）が物故者となってしまっていて生存している生徒総数は1

57名（男66名、女91名）であるから、参加者の割合は48／157で30・6％（男36・4％、女26・4％）という状況である。

　この物故者44名という数字は生徒総数201名の21・9％であるが、男女別に見ると、男33・3％、女10・8％と男性が女性の3倍となっている。この数字からも女性の方が男性よりも長生きするであろうと予測されるが、日本人の2017年度の平均寿命は男性が81・09歳、女性が87・26歳と女性の方が男性より6歳ほど長命であり、海外でも同じように女性が男性より長命となっている。中には女性が男性より11歳も長命であるロシアのような例もある。

　そこで、何故に女性が男性よりも長命であるのかを色々と調べてみたが、石原慎太郎が以前に冗談調子で言った「男はネクタイをして首を絞めることで命が短くなっている」との説を含めて色々な説があるが、これがそうだという絶対的な決め手と考えられる説は見つからなかった。

　同窓会というものはしっかりした担当幹事の存在があってこそ開催されるものである。その意味でもきちんとした立派な幹事がいてくれたからこうして再び有意義な同窓会が行われ、それに参加することができたことを思うと、幹事の皆さんには心から感謝したい。そして、当日の同窓会は次のような進行次第で行われ、誰もが大いに楽しむことができた。
・受付～出席者名簿、物故者名簿、着席番号票受領
・会場屋外での集合写真撮影
・会場への移動と着席
・幹事による開会挨拶
・物故者への黙祷
・恩師挨拶
・同級生代表による乾杯
・歓談（恩師を囲むクラス毎の集合写真撮影を含む）
・幹事の主唱による全員での歌唱
①千の風になって
②今日の日はさようなら
・一本締めによる閉会
・散会

こうして、久し振りに昔馴染みの誰もが喜寿の年齢になった同級生たちと再会し、大いに歓談した束の間のひとときであったが、こうした同窓会もいずれ数年後には高

齢化が進んで開かれることなく終わって行く運命にあるとは思う。しかし、平成の時代が間もなく終わろうとしている現在、過去を振り返ると、自分たちが生まれ育った時代、日本は確かに物質的には貧しかったが、それでいて精神的には非常に豊かさがあった時代で、幼少期、青年期、さらには中年期になるまでそんな時代に生き得た自分たちは恵まれていたと言えるのだろうと思う。

それに比べ、昨今の日本のありように目を向けて、その眼の前に起きている多くの出来事や事象を見た時、確かに今の日本は経済的には大変に豊かになってはいるだろうが、人間の心・精神という面では何かが足りない、不足していると感じてしまうのは私だけだろうか。

（2019年2月22日）

## 間もなく梅雨入り、そしてこの一年を振り返ると…

連休の最終日の5月6日（月）が暦の上では「立夏」だった。それから既に2週間余が過ぎ、昼間外出すると暑く感じるようになった今日この頃である。クリーニング屋でも「5月末まではダウンは半額」という看板が出ていたが、季節が梅雨入りするのも間もなくだと思う。少し歩こうかと足を延ばした公園では、木々は厚い緑の葉で覆われ、もう春ではなくなっている。足下を見ると、タンポポも綿毛となっている。最近は湖沼では外来種の魚やカメの類いが激増していて日本古来の生き物が彼らによって淘汰されつつあるようだが、野に咲くタンポポなども脚の長い西洋タンポポだけが勢いを増している。思わず、少子高齢化によって人口が減少に向かっている日本の現在のことを思ったりした。

また、以前であれば、6月1日になると多くの人が揃って衣替えすることが習わしだったが、現在ではそうした画一的な衣替えの習わしは後退し、個々人が自由に自分の感覚で行うことが多くなったように思う。「初めに人が習慣を作り、それから習慣が人を作って行く」という言葉があるが、この言葉の意味するところに従えば、習慣がこれまでのものから別の新しいものにとって代わられると、人の意識も行動形態も自然と変わって行く。その結果は、社会自体も変化・変容して行くのが当たり前のことだろうと思う。

振り返ると、ワイフが腰椎圧迫骨折と総胆管結石症で37日間もの入院を余儀なくされてから既に1年以上が過ぎたが、総胆管結石症や急性胆嚢炎の原因であった胆嚢を先月中旬に腹腔鏡によって除去する手術が恙なく終了し、胆嚢結石による疾病再発の可能性がようやく消えて安堵した。

実は、その胆嚢除去手術直後に担当医から説明を受けた時にその担当医から小瓶に入れられた全部で6個の結石を受け取ったが、サイズは大きいもので1センチ、小さいのは5ミリであった。ネットで調べてみると、人によっては何十個もある例があるそうだから決して多い数ではなかったように思ったが、このことが正しいかどうかは分からない。

ところで、胆石があっても痛くなることや炎症が起きることが全くない人が多くいるそうであるが、胆石について注意すべきことを医者に訊ねると、「脂っこい食物を取り過ぎないこと」という回答が戻って来る。しかし、我が家ではずっと以前から脂っこい食事を摂ったことはない。またいつだったか、胆石のことを取り上げたテレビの健康番組があり、胆石に詳しいという年配の医師が出演していたが、あるタレントが「自分は胆石を持っているが、どうしたら良いか」と訊くと、医師は「あまり脂っこい食事を摂らないこと」と答えた。それを聴いてタレントは「自分は脂っこい食事は過去から今まで全くしていないが……」と再質問した。すると医師は脂っこい食事云々の前言をはぐらかして「食事と食事の間の時間をあまり空けすぎないように」とその場を切り抜けたシーンがあった。それを見ていて専門の医師ですら本当のところは何も分かっていないのだと感じたが、私自身は全くの素人であるが、例えば転倒するとか背部から何かをぶっつけられるとかといった強い刺激が加えられなければ、たとえ胆石があっても何事も起きない、そして、万一強い刺激が与えられればそれまで静かだった胆石が動き出して某かの異変が起きてしまうのではないかと推理した。そうした刺激の例としては、ワイフのケースでは腰椎圧迫骨折の原因となった転倒が挙げられる。また、ある人が車を運転中に後ろの車に衝突されるということが原因となってそれまで何事もなかったのに救急車で病院に搬送された結果、胆石性の急性胆嚢炎が起きていることが明らかになり、急遽胆嚢の除去手術が行われて大事に至らなかったという話を耳にしたが、このケースでも背後から衝突されたことが刺激となって胆石が暴れ出す原因となったと推測できると思う。

本人はそれまで自分に胆石があることを全く知らなかったと言うから、私の推理も決して的外れではないように思う。ただ如何せん、自分は医師ではないので、それ以上自分の推論を究明して行くことができないのは残念である。いずれにしても、ワイフは胆石に起因する疾病が再発する可能性が無くなったのは良かった。そして昨年発症した腰椎の圧迫骨折はすっかり治まったが、再びそうしたことが起きないよう、昨年の4月から骨密度を高めるためのフォルテオという皮下注射を続けているが、来年の4月下旬まで毎日継続して注射し続ければ、ようやく丸2年間の定められた注射期間を終えることになる。その時は是非とも祝杯を挙げようと思う。

（２０１９年5月21日）

# 結びに

時というものは、気付かぬ間に素知らぬ顔をして過ぎて行く。若い頃は、殆どそうしたことを感知することはなかったが、歳を取るようになると、それが一転する。去り行く時の早さは、年々歳々そのスピード感を増して追いつくことが大層難しく感じさせられるから不思議である。

「生命《いのち》あるものはいつか必ずそれを終える」と言うが、この世に常なるものはなく、私たちは誰ひとり例外もなく、いずれ必ず時が流れて行く中でこの世から去って行く運命《さだめ》にある。

これまでの人生を振り返ってみると、実に多くの色々なことがあったが、そうした中、思いつくままに綴ってきたものを取りまとめてみたこの「つれづれ人生ノート」をひとりでも多くの方が読まれ、少しでもお役に立つことがあれば幸いである。

人生は、リハーサルのない、一度きりの、他の誰でもない、その人その人自身の人間ドラマである。どうか、一度きりの自分らしい人生ドラマを演じて下さるよう念じて結びとしたい。

## 著者プロフィール

**佐藤　建**（さとう たつる）

１９４２年、千葉県に生まれる。木更津高校を卒業後、一橋大学経済学部に入学し、「経済哲学」を専攻。

１９６５年に同大学を卒業し、社会人になる。

日本／スイス系／アメリカ系の併せて５つの企業に30年間ほど勤務した後、１９９４年に人事関係コンサルタントとして独立。以後20年余に亘って同職を続け、同時に１９９８年10月から２０１６年まで、英語によるマネジメント研修基本プログラム研修及びインストラクター養成研修の講師を担当した。

〈主な著作〉

①雇用調整のなか　人事部から好かれる人嫌われる人（産能大出版部）

②ビジョナリーライフをめざして（文芸社）

③ラヴ・レター～青春の日々～（新風舎）

④何処へ　⑤去り行く日々に（④⑤とも東京図書出版）

〈趣味〉絵画（描く・観る）、文学（読む・書く）、音楽鑑賞、歴史研究

# つれづれ人生ノート

2020年4月7日　第1刷発行

著　者　さとうたつる
発行人　大杉　剛
発行所　株式会社 風詠社
〒553-0001　大阪市福島区海老江 5-2-2
大拓ビル 5 - 7 階
Tel 06（6136）8657　https://fueisha.com/
発売元　株式会社 星雲社
（共同出版社・流通責任出版社）
〒112-0005　東京都文京区水道 1-3-30
Tel 03（3868）3275
印刷・製本　シナノ印刷株式会社

ISBN978-4-434-27279-0 C0095